Erinnerungen an Dingsda

Heinz Picard

Erinnerungen an Dingsda

Kurzgeschichten

Bibliografische Information der Deutschen Nationalbibliothek:
Die Deutsche Nationalbibliothek verzeichnet diese Publikation in
der Deutschen Nationalbibliografie;
detaillierte bibliografische Daten sind im Internet über
http://dnb.dnb.de abrufbar.

© 2014 Heinz Picard
Herstellung und Verlag:
BoD – Books on Demand, Norderstedt
ISBN: 978-3-7357-8048-5

Inhalt

Vorwort

„Guten Morgen, Herr ..." Und weg ist der Name. „Reich mir doch mal das ..." – ‚Dingsda'. Alltägliche Kommunikationspannen, leicht zu überspielen.

In diesem Buch hat ‚Dingsda' eine andere Bedeutung.

Die Texte im ersten Teil berichten von meinem Enkel und seinen Bezugspersonen. Im ersten Lebensjahr. Es ist eine kleine Welt. Und seine Mittel, ihr zu begegnen, sind in dieser frühen Lebensphase noch beschränkt. Er kann sie nur teilweise wahrnehmen und nicht eindeutig benennen. Diese Art der Hilflosigkeit meine ich, wenn die Rede ist vom kleinen Dingsda.

Die Zeit, die ich mit ihm verbracht habe, weckte auch Erinnerungen an meine eigene Kindheit. Und plötzlich vertauschten sich die Rollen: Ich war wieder Enkel, besuchte meinen Grossvater, meine Grossmutter. Und da waren meine Eltern und Tanten und Onkel und ... Davon handeln die Texte im zweiten Teil. Zu einer Zeit, da ich bereits die Volksschule besuchte. Die Zeit des Aufbruchs in die Erwachsenenwelt. Ins grosse Dingsda. Mit neuen Formen der Hilflosigkeit. – Die Schilderungen der Personen erheben keinen Anspruch auf umfassende biografische Korrektheit.

Ich danke allen, die mir bei der Entwicklung des Projekts und seiner Umsetzung in Buchform geholfen haben.

Ein spezieller Dank geht an meinen Sohn Benno, der die Texte für den Druck eingerichtet hat.

Herbst 2014
Heinz Picard

Teil 1

Das kleine Dingsda

Ein Leben darnach

„Glaubst du an ein Leben nach der Geburt?"

„Aber ja. Nur so macht das Leben hier drinnen Sinn. Hier bereiten wir uns vor für das, was nach der Geburt auf uns zukommt."

„Wie soll das aussehen, dieses Leben nach der Geburt?"

„So genau weiss ich es auch nicht. Es wird heller sein, denke ich. Und wir werden uns frei bewegen können und …"

„Frei bewegen? Vergiss es, wir hängen an der Nabelschnur. Für einen Auslauf viel zu kurz. Und dann ist in dieser Schnur immer Betrieb. Sollte der mit unserer Ernährung zu tun haben – dann, ja dann können wir sie gar nicht loslassen, sind ihr ausgeliefert auf Gedeih und Verderben."

„Da bin ich mir nicht so sicher. Vielleicht liesse sich zur Not auch mit dem Mund essen, ich bin da nicht so heikel. – Aber etwas mehr Licht hätte ich schon gern. Und mehr Platz …" –

„Mach dir nichts vor. Ich fürchte eher, mit der Geburt ist das Leben zu Ende. Denn keiner ist je zurückgekommen. Jedenfalls seit wir hier sind. Kein einziger. Das sagt doch genug."

„Ja, genug über unsere prekären Raumverhältnisse. Wir sind nun mal nicht für Besucher eingerichtet. – Aber alles zu Ende? – Oh nein, das Leben wird weiter gehen. Es ist nämlich seit Anfang jemand da, der schon immer für uns gesorgt hat und dies auch weiterhin tun wird."

„Wer ist denn dieser Jemand?"

„*Unsere Mutter.*"

„Mutter, sagst du. Merkwürdig. Du glaubst an eine Mutter? Wer soll das sein? Und wo ist sie denn, diese Mutter?"

„*Die ist hier, überall um uns herum. Wir leben in ihr und durch sie. Ohne sie könnten wir gar nicht existieren.*"

„Das kann doch nicht sein. – Nein, nein. Wenn es diese … wie sagst du … diese Mutter gäbe, hätte ich sie irgendwann mal gesehen."

„*Sehen kannst du sie noch nicht. Aber manchmal, wenn wir ganz still sind, kannst du sie singen hören. Oder spüren, wenn sie uns streichelt … *"

„Woher weisst du das alles?"

„*Von unserer Mutter. Die redet mit uns über das, was war, was ist und was noch kommen wird. Man muss nicht alles verstehen. Man muss vor allem spüren, dass jemand für einen da ist. Immer. Vorbehaltlos. Ja, das hat mir die Mutter beigebracht. Und sie wird es auch für dich tun, wenn du bereit bist. Sie ist eine Mutter.*"

(Gespräch zwischen Zwillingen im Mutterbauch. Nach einem unbekannten Autor.)

Isabelle

An einem frostigen Dezembermorgen stehen wir ein letztes Mal an ihrem Bettchen: Eltern, Verwandte, Gotte und Götti, Pflegepersonal und Arzt. Der Seelsorger sagt: „Gott, du hast den Eltern dieses Kind geschenkt. Nun holst du es vorzeitig zurück. Wir verstehen dich nicht."
Der Arzt knipst Fotos.
Wir treten ganz nahe. Isabelle trägt ein weisses, gestricktes Jäckchen, das fein modellierte Gesicht ist zart rosa, die Haut fühlt sich weich und warm an, ein leiser Protest gegen den frühen Tod.
Wir verlassen wortlos das Sterbezimmer.
Die Eltern blieben bei ihr, wuschen sie, kleideten sie und gaben sie frei. Frei an einen Gott, von dessen Existenz wir keine Gewissheit haben. Wir können ihn nicht beweisen, aber auch nicht widerlegen.
Isabelles Name ist auf einer Mauer geschrieben, die dem Kinderspital entlang führt und wo alle dort geborenen kleinen Erdenbürger aufgeführt sind. Nach zwei Jahren werden die Einträge jeweils gelöscht. Man muss Raum schaffen für neue.

Die Tauffeier

Heute war Dominiks Tauftag.

Unsere Befürchtungen erwiesen sich schon bald als nichtig.

Der Kleine zog zu keinem Zeitpunkt des Tages jene üblen tonalen Register, die einem ahnungslosen Zuhörer ans Lebende gehen.

Fachpersonen diagnostizierten sie als altersspezifische Bauchkrämpfe unklarer Herkunft. –

Als Grossvater tickt man da anders. Ein Säugling schreit, wenn er Hunger hat, denke ich. Er kann ja nicht anders. Ich meine, so was Kleines muss wachsen. Mal geht das schneller, mal langsamer. Dazu braucht es Nahrung, mal weniger, mal mehr. So einfach ist das.

Aber heute: Nichts von alledem. Der Täufling schlummerte ruhig in der Wiege, die neben dem Treppenaufgang in einer Nische der Wohndiele aufgestellt war.

Selbst als die ersten Gäste zum Aperitif eintrafen, die weither Gereisten vom Ausland, dann Gotte und Götti, Onkel, Tanten und Bekannte und sich gütlich taten am Sekt und den Appetithäppchen und mehr und mehr eine gelöste Stimmung aufkam und der Geräuschpegel etwas anschwoll, schlief Dominik ruhig weiter, als müsste er sich geistig und körperlich vorbereiten auf das, was der Tag an bedeutsamen Ereignissen für ihn bereit hielt.

Ich wollte mir gerade am Buffet ein zweites Glas Sekt holen, als mich ein Berufskollege auf sein Lieblingsthema ansprach – Schulreform, quo vadis? – und ob ich seine Einsendung im *Tagblatt* gelesen hätte und was ich dazu meine. Und als ich sagte, ich sei noch nicht dazu gekommen, holte er gleich aus und … Ich hörte nur mit halbem Ohr zu, denn ich verfolgte besorgt, wie unsere Tochter den Enkel, der offenbar wach geworden war, aus der Wiege hob und einer mir unbekannten Dame in die Arme legte. Mit einem Schlag waren meine Ängste wieder da. Ich stellte mir die bekannten Zeichen vor, die einem Schreianfall vorausgingen: ein ärgerliches Kopfschütteln, sich verkrampfende Gesichtszüge, eine Hautröte, die sich von den Backen über die Stirn und den ganzen Kopf ausbreitete. Ich hoffte nur, dass – falls der Enkel weiter gereicht würde – die Mutter ihn rechtzeitig von den einen Armen zu den nächsten weise, so dass er gar keine Zeit fände, sich lautstark in Szene zu setzen.

Meine Befürchtungen waren umsonst. Es herrschte eitel Frieden, als der Schwiegersohn schliesslich zum Aufbruch rief und die Runde sich langsam in die Autos verzog und zur Taufkirche fuhr.

Hier fand man sich wieder in den Bänken vor dem Altar. Der Pfarrer empfing den Täufling und die Gäste mit einem Grusswort und äusserte sich vorerst zum künstlerischen Wert der Kirche – Glasfenster vom auch international bekannten Schweizer Maler Ferdinand Gehr. Dann kam er auf den symbolischen Gehalt einer solchen Feier zu sprechen und bat schliesslich den Onkel, der sich in der Nähe des Altars mit Gitarre und Verstärker eingerichtet hatte, die Feier zu eröffnen. Der Onkel tat dies mit einer speziell für den Anlass komponierten Eigenproduktion.

Der Enkel fand offensichtlich Gefallen am Vortrag, er verhielt sich ganz ruhig in den Armen seiner Mutter.

Dann lud der Pfarrer alle ein, sich zum Taufbecken zu begeben – es lag dem Altar gegenüber beim Kircheneingang –, wo der eigentliche Taufakt vorgenommen werde. Hier zeigte sich der Enkel von seiner liebenswürdigsten Seite.

Als der Pfarrer ankündigte, er wolle ihm die Sinne salben, damit er das Leben in seiner ganzen Fülle erlangen könne und dann zur Tat überging und mit den Augen begann, darauf die Ohren salbte, die Hände, den Mund und die Füsse, lächelte Dominik, fand zunehmend Gefallen am handfesten Zeremoniell, begann mit den Ärmchen zu rudern und wälzte sich wohlig in den Armen seiner Eltern. Und als ihm der Pfarrer Wasser über den Kopf träufelte, geriet er in eine eigentliche Verzückung. Er, der sich mit dem täglichen Bad oft schwer tut. Es erübrigt sich, weitere Momente zu schildern. Dominik liess seiner Frohnatur freien Lauf. Und als der Onkel an der Gitarre zum Abschluss der Feier „Morning has broken" intonierte und alle das ausgeteilte Notenblatt in der Hand hielten, sang ein Grossonkel, ausgebildeter Schauspieler und Sänger, aus tiefster Seele mit sonorem Bass. Er entfaltete sich derart, dass die wenigen Gefolgsleute unsicher wurden, stimmlich zurückhielten und schliesslich beschämt verstummten.

Später traf sich die Gesellschaft im Saal des Dorfrestaurants. Bei vorzüglichem Essen und angeregten Gesprächen. Gelegentlich liess Dominik Zeichen des Unmuts aufkommen. Aber da waren die Grossmütter und andere geübte Frauen zur Stelle, die mit gekonnten Schaukelbewegungen den Kleinen besänftigten.
Dann machten sich die ersten Gäste auf die Heimreise. Man war sich einig: Eine so friedliche und erfüllte Tauffeier hatte man noch nie erlebt.
Der Täufling hatte seinem Namen Dominik alle Ehre gemacht. Er stammt aus dem lat. *dominicus* und *dominus*. Meint also einen, der in Fülle lebt: Eigenständig und zugleich Gott gehörig.

Protokollauszug

18. Juli, Rosenau am See, halb elf Uhr. Der weisse Honda mit dem Enkel erscheint im Eingangstor, rollt auf den Vorplatz, hält an. Die Türen gehen auf und … wir sind ein eingespieltes Team: Erst noch im Maxi-Cosi mit Gurten gesichert, liegt der Enkel kurze Zeit später im Kombiwagen – einem ‚Freestyle 3 XL Comfort' – und lässt sich in eine Ecke der Pergola chauffieren. Hier, im hintern Teil des Sitzplatzes, ist er geschützt gegen Wind und Sonne.

Wir sitzen mit den Eltern im vordern Teil bei einem Glas Weisswein und geniessen die Seesicht. Das Wasser glitzert silbrig in der Mittagssonne, am jenseitigen Ufer steigt eben ein Postauto die Kehren hoch in Richtung Dingsda. Ich lehne mich in meinen Korbstuhl zurück und schliesse die Augen. Ein Weilchen lausche ich den vertrauten Stimmen: „Zum Anbeissen, wenn er einen so anlacht. Und kräftig ist er. Und wächst und wächst und … Was? Immer noch Krämpfe? – Beim Schöppeln, sagst du? Gewitter im Bauch? – Du solltest vielleicht mal die Milch wechseln … Übrigens: Frau Ambühl gibt ihrem Baby jetzt Flatulenzin." – „Und?" – „‚Auf keinen Fall schlechter', sagt sie." – Immer diese Ambühl, denke ich, stehe auf und sehe mal kurz nach dem ‚Freestyle 3 XL Comfort', ziehe das Sonnensegel am Verdeck etwas zur Seite: Alles klar, der kleine Gast hat die Augen geschlossen. Ich gebe mit der Hand ein Zeichen der Entwarnung.

Da steht unsere Tochter auf: „Das ist der richtige Moment! Komm, Mutter, wir sehen uns mal in der Küche um." – „Und ich kümmere mich um den Grill", sage ich. "Lasst euch Zeit,

17

gut Ding will Weile haben. Eine gute Glut zaubert man nicht aus dem Hut." – „Hörst du, er reimt!" lacht meine Tochter. – Und meine Frau: „Ja, heute ist er gut drauf." – „Pst", mache ich und zeige auf den ‚Freestyle 3 XL Comfort'.

Zurück bleiben Dominiks Vater Stefan und ich. Der Vater sagt, laut Wetterbericht werde am Nachmittag Wind aufkommen. Er wolle für alle Fälle mal schnell im Abstellraum des Kellers seine Surf-Ausrüstung kontrollieren. „Wer den richtigen Moment verpasst", weiss er, „dem droht nach der Böe die Flaute … Ob der Kleine wohl schläft?" Er geht zum ‚Freestyle 3 XL Comfort', zieht am Sonnensegel. „Tatsächlich. Wie ein Herrgöttchen. Also dann …" Er winkt mir zu, murmelt was vom richtigen Moment und verschwindet über die Aussentreppe in Richtung Keller.

Jetzt bin ich allein. Das dauert. Wo Stefan nur bleibt? Er wird jeden Moment auftauchen. Und überhaupt: Wenn drei erfahrene Personen die Korrektheit ihres Vorgehens bezeugen, darf auch der Verbleibende die Gunst der Stunde nutzen und vom richtigen Moment profitieren. Ich gehe zum Gartencheminée auf der Wiese nebenan, bücke mich nach dem Feuerhaken – „Schschsch …" Ein Windstoss in meinem Rücken, ich drehe mich blitzartig um: Shanaja, etwas Pelziges zwischen den Zähnen, jagt mit gestreckten Läufen über die Wiese. Schon erreicht sie das Ende des Grundstücks, ein brüsker Stopp. Sie wirft das Ding in die Luft, schnappt es im Sprung, schüttelt es durch, schleudert es erneut hoch, fängt es ab, verbeisst sich darin, und plötzlich fliegen die Fetzen.

II. Protokollarisch wird festgehalten

1. Verlauf und Tatbestand

Shanaja hat einem Stoffhasen den Garaus gemacht, d.h. hat ihn in der Luft lustvoll zerfetzt.

Der Gegenstand gehört Dominik. Es handelt sich um ein Geschenk seiner Onkel Benno und Stefan.

Es ist nicht klar, ob sich der Hund die Beute im familieneigenen Kombiwagen geschnappt hat oder ob das Corpus Delicti zufällig aus dem Wagen fiel, wo es der Hund bei einem Kontrollgang am Boden auflas und vor Räubern und Dieben schützen wollte. Letzteres liesse sich unter ‚mildernden Umständen' vermerken. Aber da ist dieser etwas emotionale Eintrag, Shanaja habe den Hasen – ich zitiere wörtlich – „lustvoll zerfetzt".

2. Massnahmen

a)

Nach hitzigen Diskussionen ergibt sich für den Hund die Unschuldsvermutung. Der Grundsatz „Der Geist ist willig, doch das Fleisch ist schwach" soll auch in diesem Falle angemessen berücksichtigt werden.

b)

Mit einer Strafe sei dem Hund nicht gedient, wird grossmehrheitlich befunden. Massnahmen hätten sofort getroffen werden müssen. Im Nachhinein könne das Tier den ursächlichen Zusammenhang zwischen Tat und Strafe nicht mehr erkennen und sei daher im eigentlichen Sinne des Wortes nicht schuldfähig.

c)

Die Erwachsenen haben ihre Aufsichtspflicht vernachlässigt. Sie sind dringend gehalten, diese ab sofort wieder in vollem

Umfang wahrzunehmen: Mindestens 1 Person gehört in die unmittelbare Nähe des ‚Freestyle 3 XL Comfort'. Die Überwachung erfolgt im Stehen; in Ausnahmefällen ist auch das Sitzen erlaubt. Unnötige Toilettengänge sind zu vermeiden. Ebenso Schlafapnoe und Sekundenschlaf.

3. Schlussbemerkung

Der Protokollführer hat, was vom Stoffhasen übrig blieb, auf der Ablage der Garderobe im Haupteingang des Hauses positioniert. Als Mahnmal, sozusagen. Bis jetzt ohne grossen Erfolg. Es ist wie so oft im Leben: Jeder sieht es, aber keiner schaut hin.

Ort, Datum
Flüelen, 18. Juli 2013
Der Protokollführer
Heinz Picard

Hof halten

Sommer. Ein Bilderbuchtag. Da drängt sich eine Ausfahrt mit dem Enkel geradezu auf. Im ‚Freestyle 3 XL Comfort'. Dieser Kombikinderwagen ist ausgerüstet mit einem Sonnensegel, das sich wie ein Vorhang übers Verdeck ziehen lässt und so der Hauptperson einen umfassenden Schutz gegen Sonneneinstrahlung bietet.

Dominik ist neuerdings Helmträger. Nach Möglichkeit 23 Stunden am Tag; und dies über Monate hinweg. Die Leute, die uns begegnen, reagieren ganz verschieden: „Na, na, kleiner Astronaut!" Oder „Ah, sieh mal, die neuste Mode, voll krass!" Oder: „Das wusste ich nicht: Helmpflicht im Maxicosi."

Und Dominik? Der denkt wohl: Gehört zur Grundausstattung, was soll's! Und lacht und quietscht und lallt fröhlich drauf los.

Was stimmt jetzt? – Nichts von alledem. Ich erkläre geduldig: Dominik macht eine Therapie. Man korrigiert mit dem Helm eine kleine Verflachung des Kopfes. Die Erklärung leuchtet ein: An den Stellen, wo der Kopf keine Verformungen zeigt, liegt der Helm an. An den abgeflachten Stellen lässt er genügend freien Raum fürs Nachwachsen. Da der Kopf im ersten Lebensjahr am stärksten wächst, soll man mit einer Therapie frühzeitig beginnen. Die Erfahrung zeigt, dass sich die Kleinen sehr schnell an den Helm gewöhnen und in ihrem Bewegungsdrang überhaupt nicht eingeschränkt sind. – So, damit haben wir auch das geklärt. Sind noch Fragen? – Einmal Lehrer, immer Lehrer!

Solche ‚Ausfahrten' machen meine Frau und ich meistens getrennt, im Sinne einer gegenseitigen Entlastung beim Hütedienst. Ich übernehme heute die ‚Ausfahrt', sie macht den Einkauf.

Meine Route verläuft immer gleich. Sie folgt der Berglehne am Rand des Dorfes und endet an einer Biegung, wo das Strässchen leicht ansteigt, bis es in der bewaldeten Bergkuppe verschwindet. In dieser Kehre hat der örtliche Verkehrsverein eine Sitzbank erstellt. Sie wird überschattet vom ausladenden Geäst einer Linde und öffnet den Blick auf einen weiten Talkessel, umgeben von hügelartigen Ausläufern des Tafeljuras. Hier machen wir bei schönem Wetter eine kurze Rast. Gelegentlich kommen Wanderer vorbei. Man wechselt ein paar Worte. – Die immer gleichen Fragen nach dem Bahnhof, dem Sauriermuseum, der nächsten Wirtschaft. – Und weiter geht's.

Ich habe mein heutiges Ziel erreicht. Ich sitze auf der Bank, der Wagen ist in Griffnähe neben mir, die Bremsen sind angezogen. Für einen Moment schliesse ich die Augen, höre auf das gleichmässige Rattern eines Personenzuges, der am Fuss der Jurahügel entlang fährt, sein Rattern geht unter im Rauschen der Autobahn. - Wer macht uns wohl heute die Aufwartung? Ob bei dieser Hitze überhaupt jemand Lust aufs Wandern hat? Ich greife nach dem Taschentuch und wische mir den Schweiss vom Gesicht. – „Du hast deinen Sonnenhut vergessen!" sagt eine wohlbekannte Stimme. „Ich weiss", antworte ich kleinlaut, „aber wie du siehst: Das Sonnensegel für den Kleinen, daran habe ich gedacht." – Keine Antwort. – Es ist die Hitze. Ich weiss, meine Frau ist gar nicht hier. Sie macht Einkäufe. „Über Mittag sind bei diesen Temperaturen die Läden fast leer", sagt sie. Und: „Wir essen heute etwas später."

Ich fühle mich richtig ausgelaugt. Auch der Baum kann mit seinem Geäst die Hitze nicht von seinen Gästen fernhalten. – Warum nicht kurz der Müdigkeit nachgeben? Ich sehe nach dem Enkel. Er jammert ein bisschen vor sich her. Ein Zeichen, dass er bald einschläft. Ich polstere das eine Ende meiner Bank mit der Decke, die der Kleine jetzt nicht braucht, und lehne mich wohlig zurück. Verse aus Schlafliedern gehen mir durch den Kopf: „Komm, süsser Schlaf, du Trost der Nacht …" Wer nur hat dieses Gedicht geschrieben? – Hertz. Richtig. Nomen est Omen. Etwas gar süss. Könnte man heutigen Schülern wohl nicht mehr zumuten. – Wie wär's mit Morgenstern? „Schlaf, Kindlein schlaf, die Sonne frisst das Schaf …" Und wie ich wieder in längst vergangene Zeiten eintauche, überkommt mich ein beglückendes Gefühl von Wohlbehagen, und eine angenehme Schwere lässt mich hinab gleiten ins Reich der Träume … Komm, süsser Schlaf …

Ah, heute beehrt uns Albert Bettermann mit seiner Tochter Charlotte. Schau mal: Albert, ein ehemaliger Kollege. Gehörte der jungen Lehrergeneration an, als ich in Pension ging. „Schön, dich wieder mal zu sehen", sagt Albert. – An den Schläfen auch schon etwas grau, denke ich. Und Anzeichen von Geheimratsecken. – Bettermann gibt sich erstaunt: „Ah, Grossvater und Enkel, schau dir das an." Er tritt an den Wagen: „Was für ein hübsches Gesicht. Mit einem weissen Helm als Rahmen. Respekt! Da muss man heute als Grossvater durch. Wer rastet, rostet. Immer schön am Ball bleiben. Die Mode hat Anstoss." Ehe ich mich erklären kann, fährt Bettermann fort: „Und dieses verschmitzte Lächeln. Das kenn ich doch." Er dreht sich kurz um: „Ganz der Grossvater."

Und wieder aufs Baby gerichtet: „Und diese Augen! Schau dir mal die Augen an, Charlotte, blaue Augen. Kornblumenblau, ich …" – „Schon gut, Papa. Unser Lehrer sagt, dass Babys immer blaue Augen haben, das hat mit den … eh … Dingsda zu tun … den Pygmäen …" – „Pigmenten", korrigiert Albert, „den Farbpigmenten, um genau zu sein. Pygmäen schreibt sich übrigens mit y, wohingegen …" Das erinnert mich an die Erkenntnis der moderneren Linguistik, die an Einführungskursen bei älteren Lehrkräften für einige Verwirrung sorgte. Stand doch in der Neuausgabe des Deutsch-Lehrmittels für die Schüler die These: ‚Rechtschreibung ist nicht wichtig … aber man muss sie können'. Sinnigerweise war der zweite Satz auf der Folgeseite angesiedelt. Mit ein Grund wohl, dass viele Schüler sich vor allem am ersten Satz orientierten. – „Lass das, Charlotte. Das ist die Standbremse. Bitte, Finger weg von der Kippvorrichtung." – „Wo sie doch so käsig aussieht. Ich wollte den Wagen so richten, dass die Kleine mehr Sonne bekommt." – „Auf keinen Fall, Charlotte. Das geht nicht. Geht nicht wegen dem Ozonloch. Das ist im Moment etwas schwierig zu erklären. Stell dir einfach vor … Und dann müssen wir noch über das Vitamin D reden …" Ich bin gespannt, wie Bettermann da wieder herausfindet. Aber in diesem Moment überraschte mich vermutlich ein Sekundenschlaf. „So ist das, mit diesem Vitamin. Sind noch Fragen?" Bettermann rundet die Erklärung bereits ab. – Und nach einer kurzen Pause: „Übrigens, das Kind sieht gar nicht käsig aus. Nein, es hat eine ganz normale Hautfarbe. Zudem, Charlotte, es ist ein Knabe. Jetzt, pass mal auf, Charlotte. Schreibt sich deutsch ‚Dominik' – ja, wie man's sagt – englisch ‚Dominic'. Hört sich gleich an wie die französische Form – ja, wie stellst du dir diese vor? Sie wird sowohl maskulin als auch feminin verwendet. Ja. ‚Dominique'. Das wolltest du doch sagen. – Du siehst: Rechtschreibung ist nicht wichtig … aber man muss sie können." –

Das kenn ich doch … Da klopft mir jemand auf die Schuler: „Hallo, ein ‚Nachzüglerli‘, ein Nachkömmling!" sagt eine bekannte Stimme und lacht schallend. „So, so. Der Schlaf des Gerechten. Und das ausgerechnet im Dienst. Im Hütedienst, mein ich." – Das Wort fährt ein wie ein Blitz. Ich bin hell wach: Es ist der Kerl von der obern Strasse, der mich einmal übel beschimpft hat, als mein Hund eine Katze über sein Anwesen hinweg verfolgte. – Seither immer gut für einen Scherz. – Wo er Recht hat, hat er Recht. Das mit dem Schlaf hätte mir nicht passieren dürfen.

Aber wo ist denn Bettermann? Bettermann mit seiner Tochter? Eben habe ich mich doch mit Bettermann unterhalten … Ich reibe mir die Augen, schaue zum Kirchturm: Zwölf Uhr mittags. „High noon", sage ich und stehe auf. Der Nachbar schüttelt den Kopf: „Der reinste Schwitzkasten heute. Da gerät man schon mal in den falschen Film." – Er beobachtet mich misstrauisch und meint dann: „Wir haben ein Stückweit den gleichen Weg." Entschlossen greift er nach der Decke auf meiner Bank und faltet sie zusammen.

25

Shanaja – Aus dem Tagebuch eines Golden Retrievers

April

Grosses Arrivée: „Der Enkel kommt!" Der alte Mann ruft's durchs Haus und eilt auf den Vorplatz. Der weisse Honda Jazz fährt zügig vor, hält an. Die Mutter steigt aus und löst auf dem Hintersitz den fixierten Maxi-Cosi, eine körpergerecht gepolsterte Schale, in der angegurtet der Enkel liegt.
Für die Grosseltern beginnt ein neuer Lebensabschnitt: Hütedienst, nennt sich das in der Fachsprache.
Später liegt der kleine Dingsda in seiner Wiege und nuckelt phantasielos dahin. Ein potentielles Spielzeug? Vielleicht. Auf jeden Fall überbehütet. Ständig belauert von meinem Herrchen und Frauchen. Neuerdings heissen sie auch Grosseltern. Und mit einem Mal brüllt ihr Enkel los – das geht durch Mark und Bein –, ich belle zurück, setze an zu einem … Für einen Moment stockt mir der Atem: Das Herrchen bindet mich mit der kurzen Leine an ein Klavierbein. Und dann sagt er noch: „Was man so in Zeitungen liest …, da wird ein Hund plötzlich zur unberechenbaren Bestie, stürzt sich auf Kinder, zerfleischt sie …" Am liebsten wäre ich losgerannt, mit dem ganzen Klavier im Schlepptau. Ja, die Wut meiner wölfischen Ahnenkette staut sich in mir. – „Stopp!" mahnt die innere Zuchtlinie und … „Befehl ist Befehl." Ich halte mich zurück. – Zu Recht. Denn da wäre wohl einiges kaputt gegangen im Haus. Und das hätte Folgen gehabt. Man hätte mir das Fressen gekürzt. Nicht die Hauptmahlzeiten. Nein, die nicht. Aber die Zwischenverpflegungen, die Kekse. Mit denen sie im Haus ohnehin sehr knauserig umgehen. Irgendein Facharzt soll gesagt haben, ich sei etwas rund um die

Hüften. Das finde ich nun gar nicht. Ich will auf keinen Fall magersüchtig werden. Und ein Model schon gar nicht.

Der Neuling bringt alles durcheinander. Die ganze Hausordnung, um nicht zu sagen die Wertordnung. Ein Neuankömmling, ohne durch eine mehrjährige Präsenz ausgewiesene Rechtsansprüche. Man müsste ihn zur Räson bringen. Wehret den Anfängen! Am liebsten würde ich gleich mit der ersten Lektion beginnen.

Mai

Diesen Platz habe ich mir ausbedungen: Auf dem cognacfarbenen Ledersofa. Rechts von Frauchen, damit ich den Kopf auf der Lehne ablegen kann. Bei Bedarf, wenn wir zu dritt fernsehen zum Beispiel.

Am späten Nachmittag ist der kleine Dingsda gekommen. Man hat ihm ein Laufgitter gekauft. Mit Matratze. Nicht ganz uneigennützig, denke ich. Soll wohl den Hütedienst erleichtern. Eine geschützte kleine Spielwiese im heimischen Ambiente. Jetzt liegt er auf dem Rücken und vergnügt sich an einem Gestell, an dem hölzerne, vorwiegend rot und blau bemalte Spielsachen hangen. Man nennt sie „Greiflinge". Er schlägt mit den Händen um sich und stösst hohe, schrille Töne aus, wenn ein „Greifling" ins Schwingen gerät. Ein einfaches Gemüt, denke ich manchmal. Es braucht nicht viel, bis er quietscht.

Das Gitter könnte ich leicht überspringen. Aber ich will schliesslich nicht meine Stellung gefährden. Die beiden Alten sind in Sachen Enkel etwas blauäugig, um nicht zu sagen betriebsblind. Zudem habe ich hier freie Kost und Logis. Und häufig Ausgang, wenn auch manchmal geführt. Am besten tu ich so, als wäre der Kleine nicht hier.

Er übrigens scheint mich gar nicht wahrzunehmen. Ich existiere überhaupt nicht für ihn. Überheblichkeit? Ich weiss nicht. Ich habe da ein paar Dinge mitbekommen. „So hält er's auch mit den Meerschweinchen", hat seine Mutter gesagt. „Das ist jenseits seiner gegenwärtig abrufbaren Wahrnehmungsmöglichkeiten." – Geht's noch! Mich mit Meerschweinchen zu vergleichen! Aber der Apfel fällt nicht weit vom Baum: „Erinnerst du dich noch", sagte Herrchen zu seiner Frau, „an jenen heiligen Abend? Da war unsere Tochter etwa gleich alt wie ihr heutiger Sohn. Du zeigtest ihr die brennenden Kerzen am Bäumchen. Sie aber wandte den Kopf ab und studierte scheinbar interessiert die Umgebung. Wie waren wir damals enttäuscht!" – Was für eine Familie!

Juni

Mit dem Einschlafen habe ich überhaupt keine Probleme. Aber der kleine Dingsda. Mein Gott, was für ein Aufheben! Wenn es ein Mal nicht klappt.

Jetzt haben sie eine Spieldose ausgegraben, die offenbar schon der Mutter des Kleinen zu einem erholsamen Schlaf verholfen hat. Und die ziehen sie auf: einmal, zweimal, dreimal, viermal ... bis der Kleine schläft. Nursery rhyme, nennt sich das:

Hickory, dickory, dock,
The mouse ran up the clock.
The clock struck one,
The mouse ran down,
Hickory, dickory, dock.

Wie gesagt, ich habe keine Probleme mit dem Einschlafen. Aber das mit der Spielzeugdose hat etwas für sich.

Gut. Mäuse sind nicht mein Ding. Sagte doch letzthin mein Herrchen: „Wenn der Hund etwas mithülfe, bräuchten wir nicht überall im Haus Mäusefallen aufzustellen. Und der Nachbar – oder war es sein Mops? – soll sich eine üble Blutvergiftung zugezogen haben, als er beim Spannen der Sprungfeder seine Pfote einklemmte. Beziehungsweise seine Hand."

Übrigens, es gibt Hunde, die sind ganz verrückt auf Katzen. Bei denen dürfte man auf keinen Fall ‚mouse' durch ‚cat' ersetzen, wenn die Schlafprobleme hätten. – Mich stören auch Katzen nicht. Ich bin schliesslich auf einem Bauernhof aufgewachsen, da stolpert man ständig über diese Gesellschaft. Katzen lassen mich kalt. Wie Spieldosen. Aber der Dingsda braucht offenbar so was. Da unterscheiden sich Menschen vom Tier. Zumindest vom Hund.

August

Ja, mein Herrchen. Der Gute ist manchmal total überfordert. Kommunikative Störung, würde ich mal sagen. Mangel an jener Gesprächskultur, die zum Beispiel den Umgang zwischen Mensch und Hund so segensreich regelt. Es sind die knappen Anweisungen: „Sitz! Platz! Pfötchen! Pfötchen höher! Brav!" Das ist Kommunikation vom Feinsten. „Wow!"

Nur: Kommunikation, ich sag's mal so: Man muss dabei aufeinander eingehen. Und hier orte ich ein Problem. Ich mein, der Kleine gibt Laute von sich, die niemand versteht. Eine Art Spielzeug, mit dem man vorsichtig umgehen muss. Das ist nicht unbedingt mein Ding. Und das Herrchen hat auch nicht seine besten Tage. Lässt es an klaren Anweisungen fehlen. Kauderwelscht da etwas vor sich her: „So, so, kleines Männchen, haben wir schlechte Laune, heute? Sollten wir vielleicht mal Bäuerchen machen?" Und so. Das versteht ja kein Hund, geschweige denn ein Mensch in seiner Frühphase.

So, das musste mal gesagt sein.

Aber ich gebe zu, da ist eine Sache, um die ich den Kleinen beneide. – Nein, es sind nicht seine Haare. Wie ich gesehen habe, hat er bereits ein paar verloren. Schaut sich jetzt etwas mickrig an, diese zu Beginn hoch gepriesene dunkle Pracht. Nein, es geht um seine Händchen. Ja, er hat richtige Finger. Fingerchen. Klein aber fein. Unglaublich praktische Werkzeuge sind das, er greift damit nach allem, was in Reichweite liegt. Nimmt sich auch einen Finger des Herrchens vor, schliesst den Griff, lässt ihn nicht mehr los. Ja, das muss richtig wehtun, wenn ich den Jammerlauten des alten Mannes Glauben schenken darf. Manchmal denke ich zwar, der tut nur so. Plötzlich lacht er nämlich ganz laut, und der Kleine macht mit. Aber feiner, gediegener. Kehlige Laute, weich rollend und langgezogen: „guu-ru-gu" – „guu-ru-gu." Nur: Woher sollte der sich mit Tauben auskennen? Das Schönste ist, wie sich dabei sein Gesicht verzieht. Es wächst ein bisschen in die Breite und bildet Fältchen, die Augen beginnen zu strahlen. Und die Schultern gehen leicht hoch zum Hals, der ganze Körper gerät in eine wohlige Bewegung.

Ich weiss von einer menschlichen Theorie, die behauptet, Hunde könnten nicht denken. Mein Herrchen hat mir gesagt, er hätte mal einen befreundeten Tierarzt gefragt, was Hunde überhaupt verstehen, wenn man mit ihnen redet. „Alles", habe der geantwortet. Bingo. So urteilen offenbar Fachleute über uns Hunde. Das hat gut getan.

So, jetzt sitzt der alte Mann auf dem Sofa und blättert in der Zeitung, und der Kleine schläft. Was für eine köstliche Stille in diesem Haus! Bleibt nur zu hoffen, dass sich der Neuzuzüger von nebenan ruhig verhält. Logiert mit seinen Damen im Garten des Nachbarn, in einem zeltartigen Rundbau. Eine Art Edelpuff. Wie nennt sich der Neue nur? – Ja, wie? Dem hängt so was von der Gurgel. Stolziert herum, als würde er plötzlich ein Rad schlagen. – Nein, nein. Ein Pfau ist es nicht. – Auf jeden Fall: Seine sprachlichen Möglichkeiten sind begrenzt. Er scheint nur ein Wort zu kennen, mit dem er sich schubweise aufgeilt: „Kikeriki! Kikeriki!" Tut so, als könnte er Eier legen. Der eitle Gockel! – Gockel? – Ja, so heisst er tatsächlich. „Kikeriki!" Schon wieder. Ein Egozentriker. Ich kenn das vom Bauernhof. Solche Typen kommen früher oder später in die Pfanne. Meist früher!

Oktober

Der Kleine sitzt jetzt am Esstisch. Will bei den Grossen dabei sein. Im Hochstuhl. Ich hab gar nicht gewusst, wie gefährlich ein solches Möbel ist. Der Enkel trägt tatsächlich einen Helm. Man muss fast ein wenig Mitleid haben mit dem armen Kerl, dem … Dingsda, wollte ich schreiben. Aber ich bleib lieber beim Enkel.

Heute hat er mich am Kopf gestreichelt. Das hat mich dermassen überrascht, dass ich mich für einen Moment hinlegen musste, auf dem cognacfarbenen Sofa. Dann hab ich ein bisschen an seinen Spielzeugen geschnuppert: am Drachen, an Sophie, am Elefanten … Ein angenehmer Geschmack, muss ich sagen. Und einmal habe ich an seinem Nuggi geschleckt, als ich ihn zufällig unter dem Küchentisch liegen sah.

31

Natürlich nur, weil dies angeblich die Immunabwehr stärkt. Tönt vielversprechend. – Ein originelles Kerlchen. Wie der sich vorwärts bewegt: nicht krabbelnd auf den Knien, wie die gewöhnlichen Kinder. Nein, er rollt sich seitlich, bis er am Ziel anlangt.

Und schön isst er den Brei. Löffel um Löffel. Ruhig, gelassen. Da hört sich meine Nahrungseinnahme doch eher wie Schmatzen an. Ich muss meine Technik gelegentlich ändern. So merkwürdig sich das liest: Ich glaube, mit der Zeit werden wir noch Freunde.

Der Wickeltisch

Der Wickeltisch kommt mir gelegen: Ein massives Holzge-
stell, das mehr als die Hälfte unserer Badewanne abdeckt. Er
soll ruhig dort bleiben, bis ihn der Enkel nicht mehr braucht.
Langsam mehren sich nämlich die Beispiele von Personen
meines Alters, die Mühe bekunden beim Einstieg in die
Wanne und mehr noch beim Ausstieg. Ein betagter Vetter tat
sich mit dem Aussteigen dermassen schwer, dass seine Frau
meinen Bruder telefonisch um Hilfe bat: „Wenn's einer
schafft, bist du's." Worauf dieser sofort ausrückte und ein
paar Minuten später an die Wanne trat und dem Vetter und
seiner Frau dankte für das ihm ausgesprochene Vertrauen.
Dann sagte er: „So und so und so" und hievte das Opfer mit
ermutigenden Worten und gezielten Griffen eigenhändig aus
der Wanne. So blieb dem Vetter die Schmach erspart, in der
eigenen Wanne – nicht auszudenken ist's. – Und es blieb ihm
die Dusche. –
Gott sei Dank, wird man sagen. – Aber es war wie verhext.
Wenn ich in froher Runde von dem Vorfall erzählte, war sicher jemand dabei, der eine Person kannte, die in der Dusch-
kabine ausgerutscht war und sich dabei eine langwierige Ver-
letzung zugezogen hatte. Und ein anderer erinnerte sich an
einen Zeitungsartikel, der unsere Reinigungsrituale grund-
sätzlich in Frage stellte: Wasser und Zusatzmittel könnten
den Säureschutzmantel der Haut zerstören. Dem hielt man
entgegen, diese verbreitete Meinung sei durch neuere Studien
widerlegt. – Wem soll man nun glauben? Was ist hier zu tun?
Tröstlich zu wissen: Nicht alle Menschen erleiden bei glei-
chem Fehlverhalten (wenn es denn ein Fehlverhalten ist) das
gleiche schlimme Schicksal. Und jeder Mensch bleibt zwar

seinem genetisch bedingten Grundmuster ein Leben lang treu, aber er wird durch Erfahrung lernen, seine Wertvorstellungen weiter zu entwickeln und sich anzupassen. Was man in der Jugend kaltblütig oder freudvoll verrichtet, kann einen in der Gegenwart mit Grausen erfüllen. –

In meiner Jugend war die Mäusejagd eine wichtige Freizeitbeschäftigung. Wir hatten keine Bedenken dabei. Weder moralische Skrupel noch emotionale Ablehnung. Man jagte Mäuse, weil sie besonders in Getreide-, Klee- und Rübenfeldern Schäden anrichteten und sich in Feldscheunen über die eingelagerten Feldfrüchte her machten. So wussten wir's von den Eltern. Und wer als Knabe etwas gelten wollte, besass damals mehrere einfache Zangenfallen und einen Sondierstab; mit dem ortete man den Verlauf der unterirdischen Mäusegänge und legte dann die Fallen so aus, dass Fluchtwege eingeschränkt wurden. Und abends lieferten wir die Beute beim Werkmeister ab. Abends um 19.15, wenn er vor einer Schüssel gepellter Kartoffeln sass und sich auf dem Brettchen eine dicke Scheibe vom Emmentaler schnitt und

...

Sei unbesorgt, lieber Leser, ich erspare dir die grauslichen Details. Auch für mich ist meine damalige Coolness – um ein modernes Wort zu gebrauchen – heute unverständlich. Ich habe mich offensichtlich zu einem hypersensiblen Menschen entwickelt, mir wird schnell mal übel. Das passiert schon bei bestimmten Gerüchen. Und wenn's mir heute vor irgendwas graust, stellt sich automatisch dieses nicht ausgeführte Erinnerungsbild ein ... Und ich kann nicht mehr wickeln.

Und schon ruft meine Frau: „Du solltest dir dies mal ansehen. Windeln wechseln und Wickeln gehören zu den Grundfertigkeiten, die ein Babysitter jeden Alters beherrschen muss. So, schau jetzt mal einfach zu." –

Ich verkaufe mich ungern unter meinem Wert: „Bitte, ich hab bei unseren Kindern ja auch … hie und da, ich mein … es ist lange her, gebe ich zu …" Da schrillt das Telefon im Büro. „Entschuldige, ich bin gleich wieder da!" –
Am Apparat ist die Nachbarin. Sie möchte wissen, wie's unserem Enkel geht. – „Oh sehr gut, danke der Nachfrage. Aber wir sind gerade in einer wichtigen Diskussion im Fachbereich ‚Hygiene im Babyalter', meine Frau und ich. Ja, da staunen Sie. Derlei beherrscht heute auch der Mann. Das war zu Ihrer Zeit wohl noch nicht Standard …" – „Nein, da muss ich zu seiner Schande gestehen, mein Mann hat sich bei solch delikaten Dingen immer diskret im Hintergrund gehalten. ‚Die Frauen haben das in den Genen', hat er immer gesagt, ‚für die ist das ein Klacks, unsereins dagegen …'" – Ein verzweifelter Ruf aus dem Badezimmer: „Ich kann das Bürschchen kaum mehr halten, es rudert und strampelt und …" Ich richte das Gerät zum Gang: „Hören Sie mal." – „ Haben Sie neuerdings ein Schw ..." – „Nein, kein Schweinchen, Frau Nachbarin, das ist Dominik. Der quietscht immer so, wenn er vergnügt ist. Sie verstehen, ich muss mal, meine Frau und so. Einen angenehmen Tag wünsch ich …" – Mit ein paar Sätzen bin ich zurück: „Habe ich etwas verpasst?" – „Ja, Teil eins. Tut mir leid, der Kleine war nicht mehr zu zähmen, ich komme jetzt zum zweiten Teil: Ich lege nun die neue Windel unter das Gesäss, verschliesse sie seitlich, ziehe bei den Beinrändern die Rüschchen raus … Den ersten Teil siehst du dir morgen an und – sagen wir beim übernächsten Mal, schätz ich: A vous les honneurs!"
Ich wende mich dem Kleinen zu: „Ja, wie gross ist denn unser Bübchen? So gross! Kommt ein Bär, wo kommt er her …"
Das Beratungsblatt der Säuglingspflege hat recht: Der Wickeltisch ist eine tolle Gelegenheit zum Spielen, Kitzeln,

Plaudern und Lachen.

Meine Frau ist am Abend bei ihrer Schwester. Ich schalte das Radio ein und greife nach dem Sudoku-Heft auf dem Tischchen. Heute ist auf meinem Lieblingssender wieder Countrymusik angesagt: „Greatest ever country". Ah, wieder Tammy Wynette. Ihr Lied, das einst die Spitzenposition der Country-Charts erreichte und hoch notierte in den Pop-Hitparaden: „Stand by your man ... But if you love him, you'll forgive him ..." Aber das Lied kam nicht überall gut an.

Mittagstisch

Die Teller sind abgeräumt, auf dem Tisch dampft der Kaffee. Der Enkel sitzt im Hochstuhl, mit Gurten gesichert und leckt mit der Zunge die Reste des Gemüsebreis im Einfuhrbereich. Dann schnalzt er lustvoll mit der Zunge, verwirft übermütig die Arme und schaut uns erwartungsvoll an. „Was für ein Energiebündel", sagt meine Frau. Dem habe ich nichts beizufügen.

Der Enkel wechselt die Szene. Er hebt die Arme und winkt uns zu. Es ist, als zelebriere er einen medialen Auftritt. Jetzt öffnet er den Mund: „goi, goi, goi …" Man spürt, hier spricht einer zum einfachen Volk. Aber die Sinnfrage bleibt. Vielleicht meint er: „pheu, pheu, pheu …" Das tönt altgriechisch (pheugein / fliehen). Eine Befehlsform? Also: „flieh, flieh, flieh …" Nur: Kein Redner wird seine Zuhörer zur Flucht aufrufen. Solche Reaktionen, zeigt die Erfahrung, bedürfen keiner Aufmunterung, sie regeln sich von selbst.

In dieser schwierigen Situation schaltet sich die Grossmutter ein. Sie legt eine kleine salzlose Reiswaffel auf die Ablegefläche des Hochstuhls. Der Enkel zerbröckelt sie mit beiden Händen, fasst dann zwischen Daumen und Zeigfinger ein Krümelchen, prüft sorgfältig dessen Konsistenz, legt es auf die Zunge und leitet mit langsamen, mahlenden Kaubewegungen den weiteren Verdauungsweg ein. Da fällt sein Blick auf meinen Kaffeelöffel. Er greift danach und tastet im Mundbereich nach Spuren der kleinen Gabe. Umsonst, Nahrungsaufnahme hat ihren Preis.

Der Löffel hat seine Pflicht getan, der Enkel lässt ihn fallen, auf dem Kachelboden erzeugt er ein klirrendes Geräusch mit Signalwirkung: Ich hebe ihn auf, hole das Metallophon aus dem Kasten und lege es auf den Tisch. Das Instrument besitzt acht farbige Metallplättchen und sitzt auf einem hölzernen Unterbau mit vier Rädern. Zieht man das Ganze an einer Schnur, schlagen kleine Klöppel gegen die Unterseite der Plättchen und erzeugen eine fröhliche Melodie. Ich setze das Spielzeug vor den Hochstuhl und spiele mit dem Holzschlägel „Ein Männlein steht im Walde …" Dann gebe ich ihn an den Enkel weiter. Doch dem steht der Sinn nicht nach dem Wohlklang der Musik. Er nimmt den Stab zwar prüfend in die Hände, trommelt aber plötzlich wie wild auf sein Ablegefach, schaukelt sich emotional hoch bis zur krönenden Gefühlseruption: „Abä!" schreit er und lässt das Ding fallen. Ein dumpfer Aufprall – atemlose Stille. Der Enkel schaut mich erwartungsvoll an.

Ich bücke mich, greife nach dem Schlägel, hebe ihn auf. Der Enkel setzt sein Programm fort. Ich bücke mich erneut … der Enkel reagiert seinerseits … und ich bücke mich wieder … Und ich sage mir fortwährend: Bewegung tut immer gut. Auch wenn der Rücken schmerzt, darf man nicht vergessen, dass durch die körperliche Anstrengung der Kreislauf gestärkt wird.

Unserm Hund fehlt hier offensichtlich der Durchblick. Der Retriever kommt plötzlich unter dem Tisch hervor, schaut in der Türe noch einmal irritiert zurück und geht dann entschlossen auf seine Liegematte im Gang zu.

Der Enkel gähnt. Grossmutter sagt: „Er braucht Schlaf" und steht auf. Sie hebt den Kleinen aus dem Sitz, rückt ihn gegen ihr Gesicht, schnuppert kurz. Alles klar: „Ich muss noch schnell die Windeln wechseln." Sie dreht sich nach mir um: „Komm nur mit, du kannst ihn dabei festhalten. Der Wickeltisch scheint seine Lebensgeister zu wecken."

Die Abteilung WiZ (**Wi**ckeltisch und **Z**ubehör) ist neuerdings in mein Studierzimmer integriert. Der Tisch besteht aus einer gepolsterten Liege und ist belegt mit Windelauflage, Windelpackungen, Windeleinlagen usw. – und meiner Gitarre. Wir gehen nach bewährter Methode vor. Ich stelle mich an die Seite des Enkels und rücke das Instrument aus seiner Reichweite. Sobald er zu strampeln und rudern beginnt und versucht, sich seitlich abzurollen, positioniere ich meine linke Hand im Gefahrenbereich, um das Überdrehen und einen möglichen Sturz sofort abfangen zu können. Während ich den Kleinen mit Argusaugen überwache, tastet meine rechte Hand nach dem Schallloch der Gitarre. Dort gleite ich mit dem Daumen über die Bass- und Melodie-Saiten, ruhig und gefühlvoll, vom tiefen E zum hohen e, und immer wieder und wieder … und der Kleine wird ruhiger und ruhiger …

Natürlich können auch andere Instrumente eingesetzt werden, das Klavier beispielsweise. Es ist eher standortgebunden und leistet vor allem Dienste in der Phase, die dem Wickeln vorausgeht. Und auch erst ab dem neunten Monat.

Doch man sollte den Lauf einer Erzählung nicht mit Theorien austrocknen. Ich werde daher bei anderer Gelegenheit darauf zurückkommen.

Teil 2

Das grosse Dingsda

Das Hinterhaus

Jetzt ist es noch zu früh. Aber irgendwann kommt die Zeit, wo ich meinem Enkel von meinem Grossvater erzählen kann. Es wird nicht so einfach sein, weil ich fast keine persönlichen Erinnerungen an ihn habe. Ich habe ihn nur gekannt als alten, bettlägerigen Mann, dessen düsteres Erscheinungsbild mich bis in meine Träume hinein verfolgte.
Meine Mutter besuchte ihn oft. Wenn immer möglich drückte ich mich vor einer Begleitung. Ich gab vor, ich hätte noch Aufgaben zu erledigen, sei mit Freunden verabredet, müsse das Velo zur Reparatur bringen … Aber sie sagte dann häufig, welch grosse Freude ich dem armen Mann mit einem Besuch machen würde, und es stimme sie schon traurig, wie wenig mich das Schicksal des Grossvaters berühre. Und so ging ich halt manchmal mit ihr in die kleine Kammer.
Dort lag mein Grossvater im Bett. Seine Füsse schauten unter der Decke hervor, leicht verkrüppelt und längs der grossen Zehe geschwollen und mit gelblichen Knötchen belegt. Auch in den Ohrläppchen hatte ich solche Knötchen entdeckt. Als er schlief, war ich einmal vorsichtig ans Bett getreten und hatte mir seinen Kopf genauer besehen: Er war fast kahl geschoren, ein paar weisse Bartstoppeln sprossen ums Kinn, die Wangen waren ganz eingefallen. Und bleich sah er aus, schrecklich bleich. Das Hemd auf der Brust war nicht zugeknöpft. In der Öffnung rankten sich graue Haare. Für einen Moment glaubte ich, er sei tot. Und empfand dabei ein Gefühl der Erleichterung. Ich erinnerte mich an die Worte meiner Mutter. Sie telefonierte kürzlich mit ihrer Schwester: „Nein, Vater geht es nicht gut. Und laut Aussagen des Arztes besteht keine Hoffnung auf Besserung. Ich will mich nicht

versündigen, aber es wäre ein grosses Glück, wenn er sterben könnte." Ich fragte mich, wie man wissen kann, ob ein Mensch noch lebt oder schon gestorben ist. Und da bin ich plötzlich furchtbar erschrocken. Ich wollte nach der Mutter rufen, da schlug Grossvater die Augen auf, und nach einer Weile - mich dünkte, er komme von weither zurück in dieses Zimmer, in dieses Bett – sagte er mit zittriger Stimme: „Gross bist du geworden." Und dann, mit einem Anflug von Lächeln: „Schön, dass es dich gibt." – Da freute ich mich, dass er noch lebte. Und so bin ich halt doch wieder mitgegangen, wenn meine Mutter mich darum bat. Meine Grossmutter hielt sich da eher zurück: „Wir wollen doch dem Kleinen keine Angst machen", sagte sie im Flüsterton zu meiner Mutter. „Damit kommt er noch nicht zurecht …" –

Das mit Grossvater machte mir zu schaffen. Aber trotzdem: Viele schöne Jugenderinnerungen sind mit dem Elternhaus meiner Mutter verbunden, einem Bauerngut. Vor allem mit dem Hinterhaus, dem Areal auf der Rückseite des Hofes, das hinten durch ein Strässchen abgegrenzt wurde. Es führte an einem Kindergarten vorbei und über eine Strassenkreuzung hinauf zur Dorfkirche.

Auf dem Gut nannte man dieses Strässchen den *Gänseweg*. Mutter erzählte gerne, wie es zu diesem Namen kam. Und ich habe sie oft darnach gefragt, weil sie dabei so von Herzen lachen konnte, dass sie sich manchmal die Tränen aus den Augen wischen musste.

Den Auftakt bildete immer die ausführliche Schilderung eines strahlenden Sommertages, die das eigentliche Geschehen geschickt hinauszögerte. – Aber endlich war es so weit. Ich sah alles deutlich vor mir: Die drei alten Damen in langen, schwarzen Röcken auf dem Weg zum sonntäglichen Gottesdienst. Gemessenen Schrittes stolzierten sie das Strässchen hinan. Begleitet vom klangvollen und würdigen Geläut der Kirchenglocken, dem Irdischen gleichsam entrückt und so auch ohne Blick für die stattlichen fünf Gänse, die nebenan auf unserem Hinterhaus mit den Schnäbeln fleissig ihr Gefieder putzten. Ich wartete gespannt auf den Moment, wo das Federvieh auf die vornehmen Damen aufmerksam würde … Jetzt, eine Gans geriet plötzlich in Rage und verfolgte die Kirchgängerinnen mit wildem Flügelschlagen und aufgeregtem gehässigem Geschnatter, die andern taten es ihr gleich. Die Damen schrien Zeter und Mordio und setzten sich mit Schirm und Täschchen verzweifelt zur Wehr. Als schliesslich in der Ferne der Stallknecht mit einer Mistgabel auftauchte, flaute die Kampfeslust der Tiere sehr schnell ab, die erste Gans verliess schimpfend den Tatort und setzte so das Zeichen für den endgültigen Gefechtsabbruch. – Die Damen inspizierten ihre Roben auf allfällige Kampfspuren. Aber nichts war passiert, was den Fortgang des Unternehmens hätte verhindern müssen. – Eine Weile lauschte ich dem Klang der Kirchenglocken. Dann war es, als würden sich diese langsam entfernen. Da sagte eine bekannte Stimme: „Die Damen kommen auch heute wieder zu spät zum Gottesdienst." Meine Mutter lachte. Und da war ich wieder im Hier und Jetzt.

Im Hinterhaus war mein Freizeitparadies. Da gab's den Hühnerstall mit Legenestern, wo man jederzeit frische Eier abholen konnte. Meist braune von den reinrassigen Hennen mit roten Ohrläppchen, meist weisse von denen mit weissen. Der grosse Auslauf war ständig reparaturbedürftig. Es gab Lücken im Hag, die sich in Bodennähe durch fleissiges Scharren ausweiten liessen. Unermüdliche Tiere schafften irgendeinmal den Ausbruch und mischten sich stolz unter die Kühe auf der Weide. Hier luden knorrige Bäume zum Klettern ein und ein stattlicher Miststock zu risikoreichen Begehungen. Seitlich fiel das Land ab gegen den Dorfbach, wo ich meine erste Forelle fing. Unter einem Weidenstock. Mit blossen Händen. Der glitschige Körper wand sich so wild, dass er mir entglitt und, ehe ich mich's versah, im Wasser verschwand. Ich war furchtbar enttäuscht. Aber der Bach plätscherte gleichförmig dahin, als wäre gar nichts passiert.

Und ich werde meinem Enkel das Schwarz-Weiss-Foto zeigen, das ich kürzlich beim Räumen in einem Kasten gefunden habe. Da sind sie alle beisammen, mütterlicherseits: meine Grosseltern auf Holzstühlen, flankiert von ihren sechs Kindern.

Ich werde auf eine hübsche junge Frau in einem langen Rock zeigen: Das ist meine Mutter. Gelernte Damenschneiderin. Und der Mann neben ihr, der alle überragt ... gewellte Haare, schwarze Krawatte und eleganter Anzug ... der Älteste. Von allen geschätzt. Seine Meinung war gefragt, wenn's zu Unstimmigkeiten kam. Und dazu gab's reichlich Anlass, als es ums Erben ging. Hat eine Lehre als Automechaniker absolviert und ist dann in die Stadt gezogen. Lieblingsbruder meiner Mutter. „War Teilhaber einer Grossgarage und hätte diese demnächst übernommen", sagte sie oft. „Aber das Schicksal wollte es anders, er starb in jungen Jahren an Tuberkulose."

Darüber sind die Geschwister zeitlebens nie hinweg gekommen. Meine Mutter erzählte mir häufig von diesem Vorzeige-Bruder und seufzte dabei: „Ja, die Guten müssen früh sterben." – Und da wollte ich mit der Zeit gar kein guter Mensch mehr werden, das war mir denn doch zu gefährlich. Erschwerend kam hinzu, dass der jung Verstorbene mein Götti war, den ich wegen seines frühen Todes gar nie kennen gelernt habe. Man zeigte mir häufig Fotos von ihm. Der Götti bei der Taufe. Der Götti auf einem Spaziergang, wo er mich im Wägelchen vor sich her schob. Der Götti vor einem Auto in der Werkstatt. Der Götti … Aber ich schaute gar nie sorgfältig hin, weil ich dabei immer das Gefühl hatte, er wünschte mich zu sich und ich könnte dann nie mehr nach Hause zurückkehren. – Unheimlich war mir auch die Laube im ersten Stock, auf dem Foto nur im Ansatz zu sehen. Ein balkonartiger Holzbau mit einem geschlossenen kleinen Raum, den ich nie betrat. Das hatte wohl mit meiner Mutter zu tun, die in der Primarschulzeit den Violinunterricht besuchte. Ein Anfänger tut sich mit seinem Instrument nicht immer leicht, und wer sich für die Geige entscheidet, mutet auch seinem Umfeld einiges zu. Vor allem, wenn er so verbissen übt wie damals meine Mutter. Und dies zu einer Zeit, wo man für die musikalische Ausbildung der Jugend wenig Verständnis aufbrachte. Jedenfalls hing der Haussegen im Heimetli damals so schief, dass Mutter sich für das Üben ins Laubenzimmer zurückziehen musste. Sie hat sich zeitlebens über diese Zurückweisung bitterlich beklagt. Aufgegeben aber hat sie den Unterricht nicht. Ja, sie hat sich vom ersten selbst verdienten Geld eine eigene Geige erworben, und ich erinnere mich, dass sie viel später – wir wohnten bereits am Dorfrand in einem Eigenheim – gelegentlich die Geige aus dem Kasten holte, sie stimmte und dann zu spielen begann, erst zögernd, dann mutiger, langsam und getragen. Gefühlvolle, für heutiges Empfinden kitschige Melodien, zu denen sie manchmal sang. Darunter war ein Lied über eine Mutter, deren Kind im Dorfbach ertrunken war. Und ich hatte dabei immer das Gefühl, als versinke unser Haus mehr und mehr in einer Flut von Trauer. Und eines Tages würde ich darin ertrinken. – So, Dominik. Über die andern Onkel und die Tante reden wir ein anderes Mal.

Aber für die Grosseltern, für die haben wir jetzt noch Zeit. Hier, die Frau mit den weissen Haaren, eng an den Kopf gestrählt, hinten zu einem Knoten gebündelt und mit einer Spange zusammengehalten. Weisse Bluse und schwarzer Jupe. Heute, zur Feier des Tages, hat Grossmutter keine Schürze umgebunden. Und der Mann rechts von ihr, der so ernst drein schaut, das ist dein Grossvater, den sie um viele Jahre überlebt hat.

Die Aufnahme wurde an einem Sonntagmorgen im Spätsommer gemacht. Ein Familienfoto im Hinterhof. Und Grossvater musste unbedingt dabei sein. Die Besucher unter der Woche waren im Lauf der Jahre immer spärlicher geworden. Hie und da ein Bauer, der Pfarrer, ganz selten Verwandte. Die Familie war sich einig: „Er muss mal an die frische Luft. Was von der Umwelt sehen. Das wird ihm gut tun". Man hatte dazu extra den Dorffotografen kommen lassen. Mit Stativ und so. Schau mal: Es sieht aus, als hätte sich Grossvater vergeblich bemüht, in den Kittel zu kommen. Seine rechte Schulter ist viel höher als die linke, der Kittelärmel hängt lose runter, die Hand liegt ganz verkrümmt auf der Decke, die man über seine Beine gezogen hat. Das hat mich erschreckt, als ich das Foto zum ersten Mal sah. Mutter hat es mir gezeigt, weil wir damals einen Hausaufsatz schreiben mussten und ich das Thema ‚Meine Grosseltern' wählte. Und dabei erfuhr ich, dass Grossvater an chronischer Gicht litt. Einer sehr schmerzhaften Krankheit, die man mit dem Wissensstand der damaligen Medizin kaum lindern konnte. Schon ein geringer Druck, etwa die Last der Bettdecke, konnte höllisch wehtun. Zwanzig Jahre seines Lebens war Grossvater bettlägerig. Und sie erzählte, wie qualvoll es gewesen sei, den alten Mann aus dem Bett zu heben und im Stuhl durch den langen Gang aufs Hinterhaus zu tragen und ihm Kleidungsstücke zu überstreifen, so gut es eben ging.

„Später", erinnerte sich meine Mutter, „als er bereits wieder in seiner Kammer lag, liess er durch deine Grossmutter ausrichten, sie hätten gut für das Heimetli gesorgt. Und ihre Zukunftspläne stimmten ihn zuversichtlich. Auch danke er allen, die ihm diesen Ausflug ermöglicht hätten. Man möge ihm verzeihen, wenn er manchmal etwas laut geworden sei. Der Schmerz sei halt allgegenwärtig und werde ihn wohl auch weiter begleiten. Aber erhalten bleibe ihm auch die Erinnerung an das Gefreute, das er heute erlebt habe. Und diese Erinnerung sei ein hoch willkommener Dauergast. – Gerne hätte er gegenüber noch die Kleinen vor dem Kindergarten spielen sehen. Aber heute sei ja Sonntag, und der gehöre dem Herrn."

Rechenkunst

Vater kümmerte sich wenig um erzieherische Probleme. Die delegierte er an Mutter. Auch schulische Leistungen interessierten ihn nur am Rand. Etwa nach dem Mittagsschläfchen, wenn er wieder zur Arbeit musste. „Ich liebe meinen Beruf", sagte er dann oft. „Als Elektrotechniker hat man viel mit Zahlen zu tun, mit Tatsachen, meine ich. Das könnte dir auch gefallen. Wie sind denn deine Rechennoten? – Übrigens euer Lehrer … wie ist schon wieder sein Name?" – „Er soll demnächst pensioniert werden", warf ich hoffnungsvoll ein. – „Nein, nein … eh … Ist ja nicht weiter wichtig. Also: Pass gut auf. Im Rechnen!" –

Ich hätte ihm gerne erzählt, dass unser Lehrer den Übernamen ‚Mores' hat, weil er bei der geringsten Unruhe droht: „Wartet nur, euch werde ich Mores lehren." Und von Oskar würde ich ihm erzählen, einem Grosssprecher vom Progymi, der sich auf unserem Pausenplatz wichtigmacht mit seinem gestelzten Wortschatz: „Der Übertritt ans Progymnasium steht euch bevor, liebe Mittelstüfler. Sobald der Mores mit der Prüfungsvorbereitung beginnt, mutiert er zum verständnisvollen und hilfreichen Pädagogen. Wenn ihr versteht, was ich meine. – Macht nichts, Ihr werdet es ohnehin am eigenen Leib erfahren. Der bringt praktisch 100 Prozent seiner Kandidaten durch diese Prüfung. Weiss ich aus nicht genannt sein wollender Quelle. Kann so seine jeweilige Wiederwahl sichern, vermute ich." –

Mores war ein grosser, schlanker Mann mit einem eher kleinen, kantigen Kopf und etwas verhärmten Gesichtszügen. Stets trug er einen dunkelgrauen Strassenanzug mit Gilet, ein blütenweisses Hemd, und statt der Krawatte hatte er sich ein

schwarzes Stoffbändchen umgebunden, dessen Enden traurig aus dem Kragen hingen. Es schien, als gehörten Aufmachung und Person untrennbar zusammen. Selbst für den Turnunterricht zog er sich nicht um. „Der legt sich abends so ins Bett", behauptete einmal unser Klassensprecher hinter vorgehaltener Hand. Jemand lachte. – „Ruhe jetzt!" gebot der Gewaltige. „Wartet nur, euch werde ich Mores lehren." Augenblicklich herrschte Stille. –
Als ich durchs Fenster schaute, überquerte Vater gerade die Strasse. Seinen gewohnten Stumpen im Mund und die Arme im Rücken verschränkt. Er ist viel kleiner als unser Lehrer, dachte ich. Das war mir bis anhin gar nicht aufgefallen.

In dieser Nacht konnte ich nicht einschlafen. Ich sass im Schulzimmer, und der Lehrer sprach von den Klippen des Teilungsrechnens: „Liebe Schüler, wenn in der Aufgabenstellung das Wort ‚Pfosten' auftaucht, dann müsst ihr ganz sorgfältig weiter lesen, am besten beginnt ihr nochmals von vorn. Und sollte, meine Lieben" – er lächelte väterlich –, „nach der Anzahl der Pfosten gefragt werden, die man braucht um, sagen wir mal … um einen Weidehag zu erstellen, dann … Ja, Max, was ist? – Nein, nein. Die Länge des Grundstücks und der Pfostenabstand sind bei solchen Aufgaben vorgegeben. Ich wiederhole … nach der Anzahl der Pfosten gefragt werden, die jemand für einen Weidehag braucht, dann atmet ihr einmal tief ein und aus und teilt die grössere Zahl durch die kleinere – und wenn ihr das Resultat habt, zählt ihr noch einen Pfosten dazu. Habt ihr richtig gehört? Einen Pfosten dazu. Dann seid ihr auf der sichern Seite. – Nicht du, Hans, du kannst nach deiner Art vorgehen. Ja, mach ruhig eine Skizze. – Ich denke eher an unsere Kameraden in der Bank hinten links. – Ja, Köbi? – Herrschaft, nicht

51

zwei, einen Pfosten habe ich gesagt." Sorgenfalten verdüsterten seine Stirn, die grauen Augen wurden ganz dunkel und stechend. Doch er erholte sich schnell: „Ihr könnt jetzt mit den Hausaufgaben beginnen. – Übrigens, das von vorhin, das gilt nicht nur bei Pfosten, nein beispielsweise auch bei Laternen, die man benötigt, um ein neu erbautes Strassenstück zu beleuchten. Und …" In diesem Moment läutete es in die Pause.

Am nächsten Tag kam Oskar in der Pause auf unsern Klassensprecher zu. „Auftrag des Rektors. Umgehend verteilen", befahl er und drückte ihm einen Papierstoss in die Hände. – Bald ging ein Gelächter los. Auf dem Zettel stand: *Rechenaufgabe mündlich. Vor vielen Jahren machte ein Lehrer nach dem Nachmittagsunterricht regelmässig eine Pintenkehr im Dorf. In jeder Wirtschaft trank er ein Zweierli Roten und las dabei in seinem Leibblatt. Am Ende hatte er die ganze Zeitung gelesen und einen Liter Roten konsumiert. Frage: Wie viele Wirtschaften hatte es im Dorf?*
Ich sah mich nach Köbi um. Ob er wohl die sichere Seite wählte?

Manchmal war es, als würde die Schule bei uns daheim ihre Fortsetzung erfahren, nicht die Pausenglocke läutete, sondern unsere Hausklingel. Vater öffnete. Der Cousin aus der Oberstufe stand vor der Türe. Er richtete liebe Grüsse aus von daheim und er komme nicht weiter mit den verflixten Rechnungen, sein Vater übrigens auch nicht und ob nicht vielleicht der studierte Onkel … Da sagte mein Vater: „Nur hereinspaziert!" und – mir stockte der Atem – schaltete sogar das Radio aus, wo doch gerade die Nachrichten zum Tag verlesen wurden und man nicht sprechen durfte. „Nimm bitte Platz", fuhr er fort, legte die Zeitung auf den Stoss am Rand des Tisches und das Nähzeug der Mutter oben drauf. „Wie geht's denn so bei euch daheim? Was sagst du? Pech im Stall? Das musst du mir genauer erzählen ..." Da begann sich plötzlich das ganze Zimmer aufzulösen, der Vater, mein Vetter, der Tisch, das Radio ... Ich sass aufrecht im Bett, schweissgebadet. Für einen Moment musste ich eingeschlafen sein.

Das war ein ganz anderer Vater gewesen, dem hätte ich gerne noch eine Weile zugehört.

Am andern Morgen habe ich Kurt den Traum erzählt. Kurt war mein Freund. „Wie ist eigentlich dein Vater?", wollte ich ihn noch fragen. Aber Kurt drehte sich gerade nach einem Mädchen um. Da sagte ich nur: „Nach dem Mittagessen, wie abgemacht. Und vergiss die neue Säge nicht, wir arbeiten an der Baumhütte weiter."

Ein paar Wochen später fand auf dem Pausenplatz unseres Primarschulhauses eine militärische Ausrüstungs-Inspektion mit Waffenkontrolle statt, zu der auch mein Vater aufgeboten wurde. Das war nun wirklich eine Überraschung. Ich wusste gar nicht, dass er eine Uniform besass und offenbar mit allem ausgestattet war, was so zum Kriegshandwerk gehört. Man hatte mir früher einmal gesagt, wegen einer Lungenkrankheit in seiner Jugend habe er keine Rekrutenschule absolvieren können. Da passte einiges nicht zusammen. Wie auch immer: Mein Vater würde mit der Situation klarkommen, da gab's nicht den geringsten Zweifel.

Am Vorabend suchte er auf dem Estrich nach den Militärsachen, schleppte sie ins Erdgeschoss hinunter und legte sie im Korridor aus. Ich war oben in meinem Zimmer und sortierte Briefmarken, als mich das stete Rumoren neugierig machte. Ich trat auf den Gang hinaus und lehnte mich übers Geländer des Treppenaufgangs. Der Vater schlüpfte eben in die Uniform, setzte die Dienstmütze auf und besah sich im Spiegel. Er zupfte sich alles ein bisschen zurecht. Dann bildete er mit dem Zeigfinger der linken Hand eine Gerade vom Bügel der Hornbrille über die Knollennase zum Schnauz und rückte mit der freien Hand die Mütze zur Scheitelmitte. Der Vater war eher klein von Statur und etwas beleibt. Mit dem obersten Knopf der Hose tat er sich schwer. Schliesslich schnallte er den Gürtel um und rief fast gleichzeitig: „Die Lochzange, ich brauch unbedingt die Lochzange." Da kam gerade die Mutter vom Abendverkauf zurück, stellte die übervolle Einkaufstasche neben das Gewehr und musterte ihren Wehrmann. Dann sagte sie: „So, so, die Lochzange." Und: „Zum Abnehmen ist es ohnehin zu spät!" – Der Vater erwiderte: „Kleider machen Leute" und: „Ich finde das Hemd nicht." – „Im Trockenraum, ich muss es noch bügeln." – Dann horchte ich auf. „Übrigens, das hab ich dir noch gar nicht erzählt. Ich hab gestern Abend den ‚Mores' getroffen", sagte Vater. „Im Rebstock. Wir sind jetzt per du. – Ja, Mores, so nennen ihn die Schüler. Hat er mir selber gesagt. Du, der kann jassen, sag ich dir. Und ist einem guten Tropfen nicht abgeneigt. Überhaupt, eine Frohnatur. Freut sich irrsinnig auf die Pension. Seine Devise: ‚Junge Lehrer braucht das Volk'. Du weisst doch, der Lehrer unseres Sohnes. Übrigens: Er ist morgen auch bei der Inspektion." Die Art, wie er dies sagte, liess gar vermuten, er freue sich auf die morgendliche Herausforderung. Mir dröhnte der Kopf. Ich verstand die Welt nicht mehr. Zumindest nicht mehr die der Erwachsenen. Aber so unbeschwert und heiter hatte ich Vater schon lange nicht mehr erlebt. – Der Mores, eine Frohnatur?! Das Spektakel wollte ich mir nicht entgehen lassen.

Dann war es so weit. Ich schloss mich den letzten Wehrmännern an, die von der Bahnstation kamen und an unserem Haus vorbei zum Ort der Besammlung gingen. Dort bezog ich unauffällig Stellung hinter einem Kastanienbaum. Schulkinder sah man keine, es war Ferienzeit. Da ging die Türe des Schulhauses auf und – ich traute meinen Augen nicht – Mores trat mit energischen Schritten auf den Platz. Gross, hager. Dunkelblauer Blazer mit hellgrauer Hose. Und der Kragen offen. „Der neue Sektionschef", sagte der Soldat vor mir zu seinem Nebenmann und: „Neben ihm, der Major, wie heisst er nur …?" Mir blieb gar keine Zeit für weitere Überlegungen, denn eben machte der Mores Appell. Dabei unterlief ihm ein Fehler: Als er einen ‚Möseli' aufrief, korrigierte eine Stimme: „Falls Sie den Mösch meinen. Hier!" Dann mussten sich die Wehrmänner auf einem Glied besammeln. Der Major trat vor und gebot: „Achtung, steht!" Die Absätze der Militärschuhe knallten zusammen. Für einen Moment herrschte Stille. Dann schrie er plötzlich: „Wer zum Teufel hat dort hinten noch einen Stumpen im Maul." – Da kam Bewegung in den Sektionschef. Er sah sich nach dem Sünder um und ging stracks auf mich zu – er hat mich erwischt, ging mir schlagartig durch den Kopf –, aber er hielt vor einem Soldaten in meiner Nähe: „Komm, Albert", sagte er, „du machst hier nicht gerade den besten Eindruck. Wir brauchen dringend noch einen Mann auf dem Rechenbüro."
Mein Vater nahm den Stumpen aus dem Mund, bedankte sich freundlich und sagte, er sei froh, dass er wenigstens einmal im Leben dem Vaterland habe dienen können und zertrat den Stummel am Boden. Dann schulterte er Karabiner und Tornister. „Im ersten Stock", sagte der Sektionschef, „dem Pfeil folgen, das Büro ist angeschrieben. Übrigens: mein

Schulzimmer." Dann gingen die beiden langsam auf das Ein-gangsportal zu, der grosse hagere Mann und der kleine etwas übergewichtige Vater.

Robinsonade

In jenen Sommerferien hielt ich mich ganz an meinen Cousin. Meine Cousine war einfach unausstehlich. Bald tanzte sie ausgelassen durch die ganze Wohnung und kicherte albern; bald verschwand sie mit einem Pack Lockenwickler im Badezimmer und schob den Riegel vor. „Die kommt halt in das Alter", sagte Mutter, als ich sie einmal auf das sonderbare Benehmen hin ansprach. Ich verstand zwar nicht ganz, was sie meinte; doch Mädchen waren mir sowieso unheimlich, besonders seit der lange Emil als ‚Meitlischmöcker' verschrien war, weil er der kranken Banknachbarin jeden Abend die Aufgaben ins Haus brachte. Da hielt man sich besser raus. Wozu auch Schwierigkeiten heraufbeschwören? Mich lockten ohnehin der Bach, der Wald und das Dorf.

Meine Cousine verkündete schon bald, sie reise demnächst zurück nach Zürich. Das Landleben sei nicht ihr Ding.

Aber da war ja mein Cousin.

Mein Gott, der besass einen richtigen Revolver, ja musste sogar einen tragen: So lautete die Internatsvorschrift. An deren Berechtigung war nicht zu zweifeln; ich konnte mir lebhaft vorstellen, was für Typen sich an einem Internat herumtrieben, mein Cousin hatte da einiges durchblicken lassen.

Später – viel später –, als er sich bereits nach den Mädchen umdrehte, gab er zwar zu, dass er die Waffe meinem Vater entliehen und mir zu meinem Selbstschutz was vorgeflunkert habe: Ich hätte ja doch meinen Mund nicht gehalten – und wenn man bedenke, was meine Mutter von männlicher Selbstbehauptung halte – o Gott, wenn die überhaupt dahinter gekommen wäre –, nicht auszudenken sei's und so fort.

Aber damals war ich Feuer und Flamme.

Es muss ein Sonntag gewesen sein. Der Nachbar war vermutlich in der Kirche, und da haben wir ihm Kastanien in die gute Stube geschmissen. Dann ist mein Cousin auf das Schopfdach gestiegen und hat mir gedroht, er verwandle sich unverzüglich in einen Storch und fliege nach Afrika, wenn ich den Mund nicht halte; übrigens: Er habe mir noch was Wichtiges mitzuteilen.

Und da habe ich alles versprochen.

Aber eingeweiht hat er mich erst am Abend.

„Am Bach. Bei der Stauung!" wisperte er mir nach dem Nachtessen zu, trat gegen mein Schienbein und verschwand. Niemand hatte etwas bemerkt. Die Cousine stocherte lustlos im Diätjoghurt, mein Vater blätterte in der Lokalzeitung, und meine Mutter war vollauf mit dem kleinen Bruder beschäftigt. Ich habe mich damals oft gefragt, weshalb man wegen eines so unbeholfenen Dings derlei Aufhebens macht. Und dann bin ich aufgestanden, habe etwas gesagt von „ich muss mal" und bin schnurstracks zu unserer selbsterbauten Staumauer hinunter gerannt.

Dort sitzt mein Cousin, an unsere Birke gelehnt, und kehrt Seite an Seite in einem dicken Buch. Im Mundwinkel hängt ihm lässig eine Zigarette. Erst sage ich nichts, dann äuge ich nach seiner Lektüre und stelle fest: „Französisch ist das nicht!"

Ich besuchte immerhin seit dem Frühling das Progymnasium. Mein Cousin schweigt; dann drückt er die Zigarette sorgfältig aus, spuckt verächtlich in Richtung Wasser und antwortet: „Englisch auch nicht!" Dann schweigen wir uns an.

Was hätte ich darauf erwidern sollen? Er war mir halt immer ein Stück voraus.

Plötzlich klappt mein Cousin das Buch zu und legt es auf den Boden. Seine Rechte verschwindet in der Rocktasche und klaubt umständlich einen Revolver hervor. „Morgen, wenn wir die Enten trainiert haben", sagt er und schaut das Ding gar liebevoll an, „morgen werden wir's ihnen zeigen. Die zerstören unsere Mauer nicht mehr!" Dann steckt er die Waffe wieder ein – sein Blick starrt in geheimnisumwitterte Fernen – und stapft Richtung Haus.

Ich habe schlecht geschlafen in jener Nacht; immerzu habe ich an den Revolver denken müssen.

Am andern Morgen stand ich früher auf als sonst. Ich wollte noch mit dem Pickel den Stollen erweitern, den ich in den Hügel hinter dem Nussbaum gegraben hatte und mit dem ich nicht vorankam. Es sollte eine Notunterkunft werden für den Fall, dass Feinde in unser Land einfielen. Der Cousin lobte zwar meine Weitsicht, meinte aber, rein statistisch gesehen sei ein solches Ereignis nicht so bald zu befürchten. Wir hätten aktuell noch ganz andere Aufgaben zu lösen. In einer Sache gebe er mir aber recht: Nach dem Krieg ist vor dem Krieg. So sei's kürzlich in der Zeitung gestanden. Ich gebe zu, auch im Zeitungslesen konnte ich damals noch nicht mithalten. – Ich sah mich nach dem Pickel um … Oh je! Es würde auch heute nichts mit dem Ausbau werden. Mein Cousin trieb nämlich bereits die Enten zum Teich und stiess eine nach der andern ins Wasser. Aber das nahm ich nur wahr wie am Rand; ich starrte gebannt auf seine Rocktasche, die sich leicht aufwölbte.

Und dann sitzen wir wieder bei der Birke, durch eine überhängende Weide verdeckt. Mein Cousin lädt behutsam die Trommel, während weiter unten der dicke Schang auf unsere Mauer steigt und seine Kumpane aufstachelt zum Endkampf. Mein Cousin spannt den Hammer und zielt, bedeutungsvoll lächelnd, geradewegs auf den Anführer. Der Zeigefinger am

Abzug krümmt sich, jetzt …

Nichts geschieht.

„Drück ab!" zische ich ihn an. „Worauf wartest du? Soll unsere ganze Arbeit für die Katze gewesen sein?"

Aber nichts geschieht.

Später, ich weiss nicht mehr genau wann, hat er behauptet, die Patronen seien wahrscheinlich feucht gewesen. Ich habe allerdings den Verdacht, dass er die Trommel nicht richtig einrasten liess.

Als er wieder ins Internat abgereist war, fand meine Mutter in seinem Bett, zwischen Ober- und Untermatratze, einen Revolver samt Munition. „Die müssen wir ihm nachschicken", sagte ich, „die brauchen so was in ihrer Schule. Dort ist jedermann bewaffnet."

„Unsinn", sagte meine Mutter, „und wenn schon, sicher nicht mit diesem Zeug, das gehört zweifellos Vater."

Damals kannte ich die Wahrheit noch nicht. Ich widersprach lebhaft. Ich meinte, dass einer, der sich in einen Storch verwandeln könne, seine eigenen Waffen habe.

(nach einer Erzählung aus H. Picard, ‚Im Himmel und auf Erden', 1986, vergriffen)

Das Maturatreffen

Ein Blick auf den Wecker: Was, schon elf Uhr! Lichterlöschen! durchfuhr es mich. Ich drückte den Schalter des
Nachttischlämpchens. Lichterlöschen! Das Wort hinterliess
ein schales Gefühl, das ich kannte. Aber woher nur? Lichterlöschen, murmelte ich halblaut in die Dunkelheit. Und plötzlich wusste ich: es hatte mit morgen zu tun. War das Endglied
einer Kette, einer wohl durchdachten Tagesplanung, die mich
bei Internatseintritt überfordert hatte. Langsam ging ich in
Gedanken durch den Internatstag: Morgenmesse – Studium
– Frühstück – Unterricht – Mittagessen - Rekreation - Studium – Unterricht – Nachtessen – Rekreation – Studium –
Abendandacht – Schlafsaal – Lichterlöschen. –
Der Schlafsaal. Diese endlos scheinende Flucht einfacher
Kojen, durch Bretterwände getrennt und auf der Gangseite
mit einem Vorhang zu schliessen. Platz für Bett und Kasten.
Mehr nicht.
Alte Posten. Längst abgeschrieben auf dem Lebenskonto,
glaubt man. Aber plötzlich drängen sie ins Bewusstsein. Ein
geringfügiger Anlass – ein Wort, eine Foto … und sie sind
wieder da. Überfallartig. Als wären sie auf der Lauer gelegen,
hätten nur auf ihren Auftritt gewartet. – Die Einladung zur
Maturatagung lag auf dem Schreibtisch. Zusammen mit einer
frühen Klassenfoto. Und wie ich in Gedanken die Gesichter
durchging, löste sich meine innere Anspannung. Erheiternde
Reminiszenzen fielen mir ein …
Die Sonntagsspaziergänge in den unteren Klassen. Immer
von einem Mönch begleitet. Risiken, würde man meinen, bar-
gen solche Ausgänge zwar nicht. Und doch gab's ein Gefah-
renmoment. Es ging augenscheinlich von einem ortsan-

sässigen Mädcheninstitut aus, dem ‚Sankt Klara'. Bei näherem Hinsehen wurde klar: Im Mädcheninternat fanden analog strukturierte Spaziergänge statt: Nonnen begleiteten reine Mädchenklassen. Und bei einer solchen Sachlage machte der Einsatz der Ordnungskräfte durchaus Sinn: Sie behielten den jeweils andersgeschlechtlichen Zug im Auge, berechneten aus Laufrichtung und Schritttempo, ob und wo sich die beiden Gruppen begegnen könnten, bogen so mit ihren Schutzbefohlenen rechtzeitig in eine Seitenstrasse ab oder retteten sich fluchtartig durch eine Umkehr. – Gelobt sei …!

Das Thema blieb, aber passte sich unserem jeweiligen Entwicklungsstand an. Es gab Phasen, da redeten wir despektierlich vom ‚Gänseanum'. In pubertär ausufernden Momenten der Lebenslust erschallte im Speisesaal der revolutionäre Kampfruf: „Nieder mit Sankt Klara, nieder mit Sankt Klara, macht ein P… daraus!" Mit dem bedrohlichen Refrain: „Ja, sie kommt schon, sie kommt schon, die Revolution. Sie kommt schon, sie kommt schon, die Revolution." – Andere wollten nicht auf eine solch glorreiche Zukunft warten. Zu heiss brannte in ihnen das Feuer der Sehnsucht. Sie büxten in der Nacht aus. Ritter der Neuzeit im Minnedienst. Bereit, die disziplinarische Höchststrafe auf sich zu nehmen: den Verweis aus dem Kollegium. Räumen! Abreisen!

Irgendwann übermannte mich die Müdigkeit. Ich hörte Schritte auf der Treppe. Meine Frau, dachte ich. Endlich. Und schlief ein. -

Im Traum war ich bereits auf dem alten Dorfplatz, stieg zu Fuss langsam hoch zum Schlachtdenkmal, ging am Rathaus vorbei, wo einst die mündlichen Maturaprüfungen stattgefunden hatten, vorbei an der alten Klosterkirche … Und dann stand ich vor dem grossen Eingangsportal mit der Auf-

schrift ‚Deo et juventuti'. Gott und der Jugend. Das schmie-
deiserne Tor war nur angelehnt … Ich stemmte mich dagegen, es drehte in den Angeln und gab ein rasselndes Geräusch
von sich. Da sagte jemand: „Schön, dass Du Zeit gefunden
hast." Ich wandte mich um. –
Vor mir steht ein kleiner, alter Mann in der braunen Ordens-
kutte und dem Zingulum um die Hüften. Die Haare hat er
mönchisch kurz geschoren, das gepflegte Backenbärtchen ist
sorgfältig gestutzt. Hinter den Brillengläsern funkeln listige
Äuglein. Der alte Mönch hat etwas Respektgebietendes an
sich. Für einen Moment schrecke ich zurück. „Fürchtet euch
nicht, ich bin es", sagt jetzt der kleine Mann, „hab ich mich
denn so verändert?" – Untrüglich die leicht heisere, kehlige
Stimme. Und plötzlich: „Natürlich, grüss Gott, Pater Rektor.
Sie sind immer noch im Einsatz?" – „Das kann man wohl
sagen", lacht er, „wenn auch nicht mehr an der Front." Und
dann legt er zu: „Da sind die Altersbeschwerden, man wird
halt nicht jünger. Ach, was soll das Jammern! Die Zeiten ändern sich, und wir uns mit ihnen, du weisst ja. Junge Lehrer
braucht das Volk. Die Schüler haben sich verändert. Sind
freier und offener geworden, das schon. Aber auch zerstreu-
ter, weniger belastbar. Wer glaubt noch an den Wert wahrer
und wahrender Tradition? Ich stehe immer noch zu den be-
währten Erziehungsmitteln des Internats. Das ist die gere-
gelte Tagesordnung mit dem Wechsel von Arbeit und Ruhe,
zeitigem Aufstehen und zeitigem Zubettgehen, Spazier-
zwang, mit Rauchverbot und Rücksicht auf die Gemeinschaft
… Aber ich stehe da und rede und rede. Ein Fossil. Geh du
nur voran. Die andern sind bereits in der Aula. Mein Nach-
folger stellt das neue Bildungskonzept vor. Dort, die Türe
links. Bis bald. Ich komme später, leg mich noch etwas hin."
– „Bis bald", sage ich und: „Ich hätte da noch ein paar Fragen

… beim Mittagessen, vielleicht?" Er lächelt und nickt grüssend. Dann gehe ich zur Türe. Sie ist nur angelehnt. Ich drehe mich noch kurz um: Der alte Rektor ist verschwunden. – Dann höre ich eine mir unbekannte Stimme: „… Wie aber erreichen wir mit unserer Arbeit das neue Bildungsziel? Wie vermitteln wir die erforderlichen Denk- und Problemlösungsfähigkeiten, das Denken in interdisziplinären Zusammenhängen und Vernetzungen, die notwendigen Arbeitstechniken, die Fähigkeit zu Teamwork und Kommunikation, die geforderte mündliche und schriftliche Sprachkompetenz? Wie gehen wir mit der technologisch-wirtschaftlichen Herausforderung um? Wie mit der ökologischen und gesellschaftspolitischen …?" – Ich stosse die Türe vorsichtig auf. In der hintersten Reihe links aussen ist noch ein Platz frei. „Darf ich?" Ich tippe dem Nebenmann auf die Schulter. Der dreht sich um: „Na endlich! Wo warst du denn? Wir fürchteten schon, du hättest uns vergessen." – „Nicht doch", wehre ich ab. „Ich hab mich nur noch kurz mit dem alten Rektor unterhalten, der scheint mir ganz schön in Form zu sein. Klar im Kopf, meine ich. Übrigens, er wird jeden Moment hier aufkreuzen." – „Immer noch der alte Scherzkeks. Der Rex ist doch längst tot. Hast du tatsächlich nichts davon mitbekommen?" – Da schrillt ein Wecker. - Kindsköpfe, denke ich. Immer noch die alten Kindsköpfe. Wer erlaubt sich denn so was? – Da! Wieder der Wecker. Mit einem Mal bin ich hell wach. Ich drücke automatisch die Ruhetaste. „Aufstehen", sagt meine Frau. „Viel Vergnügen. Heute hast du Maturatagung. Ich bleib noch etwas liegen."

Silvester

Die Feier begann immer gleich: Am letzten Tag des Jahres schloss Vater sein Büro im Verlauf des Nachmittags und traf sich mit ein paar Kollegen auf ein Bier in der Stammbeiz. Und es dunkelte bereits, wenn man auseinander ging, in bester Stimmung und leicht angesäuselt.

Auch das mit der Mandoline hielt sich hartnäckig. Wenn Vater daheim in Stimmung kam, das war meist über die Feiertage zum Jahresende, hatte er auf einmal seine Mandoline im Arm, zog das Plektrum unter den Saiten hervor, wo er es festgeklemmt hatte, und spielte eine kurze Zigeunerweise mit gefühlvollem Tremolo. Immer die gleiche Melodie; nachhaltiges Erfolgsprodukt eines Instrumentalunterrichts aus Jugendtagen, über den sich Vater nie äusserte.

Aber heute war der Einstieg etwas beschwerlich. Unversehens stand Vater in der Diele und rief: „Wo ist denn meine Mandoline? Wo hat man nur meine Mandoline wieder versteckt? Kann ich denn nicht ein einziges Mal im Jahr …?" Der Rest erstarb in einem gutmütigen Knurren. Ich studierte gerade eine Broschüre über artgerechte Haltung von Kaninchen, als Mutter nach mir rief. Wir durchsuchten alle Wandkästen der Wohnung nach der Mandoline, wobei uns Vater ständig im Weg stand und jammerte, wie sehr doch derlei Suchaktionen der häuslichen Gemütlichkeit Abbruch täten. Und plötzlich, im Abstellraum des Untergeschosses: „Hier", rief Mutter und hielt die Mandoline hoch. „Ich kann mir nicht vorstellen, wie die hierher…" – „Lasst gut sein!", lenkte er ein und nahm ihr das Instrument aus den Händen. „Ich hätte in meiner Jugend doch lieber Klavierstunden nehmen sollen, ein Flügel verschwindet nicht so leicht." –

Später sass er im Wohnzimmer, oben am Esstisch, und schickte mich gutgelaunt mit einem Busch-Wort in den Weinkeller hinunter: „Dorten lieget auf dem Stroh eine Flasche voll Bordeaux." Und als ich die Flasche brachte mit dem Hinweis, es hätte noch mehr von dem Wundertropfen, entkorkte er sie mit lautem Knall und roch kurz am Zapfen. Dann ging er beschwingt ans Buffet, griff nach zwei Kelchgläsern und setzte sich wieder an seinen Stammplatz. Mutter holte für mich ein Fläschchen Vivi Kola und servierte etwas Brot und Käse. Vater schenkte sich ein, hielt das Glas kurz gegen das Licht, dann schwenkte er den Inhalt kräftig, roch dran und nahm einen Schluck. – „Ein Göttertrank", sagte er, sein Gesicht verklärte sich, „ein Göttertrank", wiederholte er, schnalzte mit der Zunge und schenkte auch Mutter ein. „Mir nur wenig", sagte sie, „nur zum Anstossen." Dann zündete er sich sorgfältig einen Villiger-Stumpen an und erzählte einmal mehr vom Sanatorium Wald, wo er im Mai 1925 wegen einer Lungenkrankheit behandelt worden war, und pries die Kunst der Ärzte, den Pneu, die Röntgenapparaturen und die Betreuung ganz allgemein – man hätte schier neidisch werden können darob. Und sagte schliesslich, er wolle sich mal auf den ‚fernöstlichen Diwan' legen (so nannte er unser Sofa, das auch schon bessere Zeiten gesehen hatte), das Festessen finde ja erst gegen Mitternacht statt. „Und dann ist ja auch noch das Fernsehprogramm. Und dann könnten wir wieder in die Schallplattensammlung hinein hören, die uns Roland auf Weihnachten geschenkt hat. ‚Klassische Gassenhauer'." Er überlegte kurz und meinte dann: „Ein Konzert für Mandoline? Oder das Solo aus dem ‚Trompeter von Säckingen'?" Und mit einem Blick auf Mutter: „Eigentlich schade, dass wir Roland nicht eingeladen haben. Ein schräger Vogel ist er ja, mein leiblicher Bruder, aber ein unterhaltsamer. Und manchmal, wenn halt doch in heiklen Situationen eine gewisse Wehmut aufkommt – und Silvester hat nun mal seine emotionalen Tücken –, dann zaubert Roland in Sekundenbruchteilen eine Bombenstimmung hervor. Ja, dann verzeiht man ihm, dass er hin und wieder – wer sagt da was von langen Fingern?" – „Die brauchen lang, die Dinger", sagte Mutter, „ich mein im Ofen, die ..." – „Schluss jetzt", Vater fasste zusammen: „Ein ruhiges Gewissen ist das beste Ruhekissen", rekelte sich in eine bequeme Lage und schloss die Augen, der bläuliche Rauch des Stumpens kräuselte sich nur noch ganz fein.

Mutter sagte, sie bereite ein paar Häppchen vor, als Zwischenverpflegung nach Bedarf. Und in Sachen ‚Gassenhauer': das Trompetensolo sei auch gar rührselig, und die heutigen Aufregungen in Sachen Mandoline, na ja ... Sie liess den Satz so stehen und verschwand in der Küche.

Ich verdrückte mich in mein Zimmer und vertiefte mich wieder in die Wegleitung zum Bau eines artgerechten Kaninchenstalls. Es musste ein isolierter Stall sein, stand da. Dick mit Stroh ausgelegt, damit die Kaninchen warm hatten im Winter. Mit Aussengehege, das Unterschlüpfe anbot und Areale, wo sich die Tiere ungestört ausruhen konnten. – Das ist wie bei Menschen, dachte ich und erschrak. Auch Tiere brauchten offenbar Wärme, Geborgenheit, Schutz. –

Einfach würde das Ganze nicht. Abgesehen von den Kosten: Wo liesse sich ein solches Projekt verwirklichen? – Ich musste dringend mit den Eltern reden. Aber lieber erst nach den Feiertagen. –

Aus weiter Ferne ertönten Kirchenglocken ... Mir wurde plötzlich ganz feierlich zu mute. Dann dachte ich an Onkel

Roland. Wie er wohl diesen Abend verbrachte? – Vater hielt grosse Stücke auf ihn. „Wenn der am Internat durchgehalten hätte", sagte er oft, „mein Gott, was aus dem hätte werden können!" –

Und dann musste ich an ein anderes Wort von Vater denken: „Man sollte einen gelungenen Schlusspunkt unter ein gefreutes Jahr setzen." Ich zweifelte am Erfolg. Der Auftakt war jedenfalls nicht gerade verheissungsvoll: Vater döste auf dem ‚Fernöstlichen', Mutter bereitete Häppchen in der Küche, ich befasste mich mit Kaninchen und deren artgerechten Haltung: Unsere Familie brauchte dringend einen Nothelfer, einen Garanten für gute Stimmung. Einen gewieften Zauberer. Kurz: Wir brauchten Onkel Roland. –

Aber dieser Magier liess sich nicht einfach herbei zaubern. Jedenfalls nicht mit beschwörenden Sprüchen. Die wirken leider nur in Märchen und Sagen. Mir wurde schnell klar: Das mit Onkel Ronald würde nicht klappen. Es war zu spät. Selbst wenn sich der Onkel überreden liesse: So schnell würde sich Mutter nicht umstimmen lassen. – Und da fiel mir der ‚Göttertrank' ein. Vater war dabei so richtig in Fahrt gekommen. – Und plötzlich machte es klick: Vielleicht hatte ich mir unnötig Sorgen gemacht. Die Lösung lag vermutlich bereits auf dem Tisch, beziehungsweise in der Flasche. Erleichtert ging ich ins Wohnzimmer.

Dort war noch nichts abgeräumt, und Vater hatte sich vermutlich ins Schlafzimmer verzogen. Ich füllte sein Glas bis zur Hälfte mit dem Wundertropfen und hielt es kurz gegen das Licht. Dann schwenkte ich den Inhalt in kreisenden Bewegungen, setzte die Nase an den Rand des Glases und atmete tief durch. Darauf nahm ich einen kräftigen Schluck und hielt einen Moment inne. – Ich wusste nicht genau, was ich erwartet hatte. Die Enttäuschung war jedenfalls gross. Ich wusste beim besten Willen nicht, warum dieses Ritual beim Vater ein solches Entzücken ausgelöst hatte. Verärgert leerte ich das Glas in einem Zug. –

Aber mit einem Mal fühlte ich mich auf wundersame Weise locker und entspannt, Befürchtungen und Ängste lösten sich auf, ein Ahnen eigener ungenützter Möglichkeiten bahnte sich an: Das war es also, das Geheimnis des Weins, das er seinen Anhängern offenbarte, ein grossartiges Wohlbefinden, das es zu steigern und zu erhalten galt. Ich schenkte wieder ein. Ich wusste, alles würde sich zum Guten wenden. – Und dann finde ich mich im Fernsehsessel. Im Salon. Vor mir flackert das Cheminéefeuer. Und im Lehnstuhl daneben sitzt … ich glaube es einfach nicht … das ist doch … „Ja, der ,Grosse Orlando', Onkel und Zauberer", sagt eine bekannte Stimme, und als bedürfe es einer weiteren Bestätigung, folgt das untrügliche, herzliche Lachen.
Onkel Roland trägt einen schwarzen Umhang, um den Hals hat er einen grossen weissen Schal geschwungen, und auf dem Kopf sitzt ein Zylinder mit einem auffallend breiten Rand, der das Gesicht verdeckt. Er richtet sich etwas auf: „Was schaust du mich so verdutzt an? Ah, das hier." – Er hat plötzlich eine Schallplatte in der Hand. Es ist das Cover von ,Klassische Gassenhauer'. Man sollte Vater holen, denke ich. Aber schon fährt der Onkel fort: „Wir wollen das alte Jahr in Würde gehen lassen. Er hüstelt diskret und wischt sich mit einem blütenweissen Taschentuch die Augen. Dann sagt er unvermittelt: „Behüt dich Gott, es wär zu schön gewesen." Und schnippt mit den Fingern der freien Hand, und aus dem Plattenspieler ertönt das bekannte Lied als Trompetensolo. – Mit einem weiteren Schnippen nimmt er die Lautstärke lang-

sam zurück, und wie der letzte Ton gefühlvoll ausklingt, sehe ich, dass der ‚Grosse Orlando' seine Hände zum Kopf führt und die Finger beidseits der Ohren löffelartig verbiegt. „Cuniculus, cuniculi, cuniculo, cuniculum", murmelt er geheimnisvoll und … im Fauteuil sitzt ein Albino; schneeweiss das langhaarige Fell, die Krallen weiss mit durchschimmerndem Zehenfleisch, die Seher rot, die Blume leicht aufgeworfen. „Ein Angorakaninchen", rufe ich bewundernd. – … Da macht es Männchen, hebt artig die Löffel und legt das Näschen in drei Teile, von denen sich jeder gesondert bewegt, und schnuppert an einer Marzipanrübe am Weihnachtsbaum. Dann hopst es auf die Fensterbank, hoppelt ein paar Mal hin und her, springt jetzt auf den Stubenboden, jagt plötzlich durch das Zimmer und schlägt Haken … Ein Aufprall …„Licht!" brülle ich, renne zum Wandschalter und knipse die Deckenlampe an. Die Stehlampe liegt am Boden, die Lämpchen sind zersplittert. – Und oh Wunder der Magie: Im Fauteuil sitzt wieder Onkel Roland, leibhaftig, und kratzt sich mit den Fingern ein paar weisse Härchen aus den schwarzen Hosenbeinen. Dann knallt die Türe auf – mir dröhnt der Kopf – und Vater tritt ein. Merkwürdig. Er nimmt Onkel Roland gar nicht wahr … „Aha", sagt er, „so läuft also der Hase …" Ich schrecke auf: „Onkel!" rufe ich, „Orlando, sag doch …" Ich schaue zum Fauteuil. Dort ist kein Fauteuil. Mein Blick fällt auf die leere Flasche … Da holt mich blitzartig die Wirklichkeit ein. Ich bin im Wohnzimmer. –

Mir war hundeelend. Alles war schief gelaufen. Und ich wusste nicht, woran es lag. Und in meinem Innersten spürte ich: Wir würden auch künftig mit ‚Silvester' unsere liebe Mühe haben. Und ich hatte niemanden, mit dem ich darüber reden konnte. So ist es, wenn man stirbt, ging mir durch den

Kopf. Und mit einem Mal begann alles um mich zu schaukeln und zu schwanken und verschwand langsam in einem gelblichen Nebel. Ich fühlte mich auf schreckliche Weise im Stich gelassen.

Am nächsten Morgen beim Frühstück sagte Mutter: „Vater kommt später, er hat sich gestern Abend furchtbar aufgeregt. Das wäre jetzt nicht nötig gewesen, ein solcher Einstieg ins neue Jahr."

(nach einer Erzählung aus H. Picard, ‚Im Himmel und auf Erden', 1986, vergriffen)

Die Nord-Süd-Achse

Ich hatte zwei Onkel, die nicht aus dem bäuerlichen Umfeld stammten. Der eine hiess Carlo, war gebürtiger Tessiner und mit Mutters Schwester verheiratet. Das war ein Onkel zum Anfassen, den verehrte ich über alles. Erich dagegen, Ehemann von Vaters Schwester, kannte ich nur aus respektvollen Bemerkungen meiner Eltern. Er war in leitender Funktion in einem Chemiekonzern tätig und in dieser Aufgabe sehr oft auf Reisen. Mich beeindruckte das nicht. Und irgendwie tat er mir sogar leid. Er existierte nicht wirklich, führte ein auf Niveau Onkel unwürdiges Schattendasein. Und so kam der Tag, an dem ich ihm sozusagen einen Hauch von Eigenleben verlieh: Aus ‚Onkel Carlo' machte ich im Gespräch häufig ein ‚Onkel Erich Carlo'.

Der so ergänzte Onkel zeigte sich einigermassen erstaunt. Wie ich auf diese Zugabe gekommen sei? Als ich ihm die Sachlage erklärte, grinste er zufrieden und lobte meine vornehme Denkart. Ich hätte hier ein deutliches Zeichen gesetzt: seine südländische Art sei nun mit der nordischen versöhnt. Ich verstand zwar nicht, wie er das meinte. Da musste irgendwann etwas geschehen sein, was immer noch störend in die Gegenwart hinein wirkte. Ein Missverständnis vielleicht. Ich wusste es nicht.

Es gab gelegentlich Krisen in dieser Ehe. Meist begann es für Mutter mit einem Anruf ihrer Schwester Anna. Manchmal bekam ich etwas mit davon. „Kopf hoch, Anna. Es kommen wieder bessere Zeiten. Das Theater kennen wir doch. Moment, die Tür ist gegangen, ich muss Schluss machen. Ruf doch morgen wieder an, um zehn Uhr, dann bin ich allein … Natürlich verstehe ich dich, Anna." – Später, beim Essen, fragte ich: „Ist es wegen Onkel Carlo?" Sie nickte. „Er hat wieder seine schwierige Phase! Redet wochenlang kein Wort mehr!" –

Frau Urban, die Nachbarin, war da viel direkter. Ich hörte, wie sie zu Mutter sagte, sie habe auch so einen Schwager. „Heute top, morgen flop. Ein Südländer. Ein ‚Latin Lover', wie man neuerdings hört." – „Immerhin ist mein Schwager ein Tessiner", gab Mutter zu bedenken. – „Gehen Sie mir bloss damit weg. Tessiner sind da keinen Deut besser. Charmant, aber stimmungslabil. Die sind nicht wie unsereiner ... die sind anders." – Wie anders? Das hätte ich gern gewusst.

Einmal fragte ich Tante Anna, wie sie eigentlich Onkel Erich Carlo kennen gelernt habe. – „So, so, Erich Carlo. Er hat's mir erzählt." Sie musste lachen. Auf ihrem rundlichen Gesicht bildeten sich feine Fältchen. Ihre Hände gingen zum Hinterkopf und ordneten die Nadeln, welche den zum Knoten gebundenen Haarzopf fixierten. „Er war als Elektriker bei den Bundesbahnen tätig. Zu einer Zeit, wo die Nord-Süd-Achse der SBB elektrifiziert wurde. So rückte er berufshalber langsam in die deutsche Schweiz vor, lernte die Sprache und ein Bauernmädchen kennen, das er später heiratete." Sie lachte wieder. Da wusste ich, wen sie meinte. „Moment", sagte sie und holte im Schlafzimmer ein Hochzeitsfoto. Carlo muss ein stattlicher Freier gewesen sein: Gross gewachsen mit breiten Schultern. Und einem kantigen Kopf mit tief liegenden, kohlschwarzen Augen. Das Haar war an den Schläfen leicht grau und sorgfältig zurückgekämmt. „Ein begnadeter Tänzer, Schwarm aller Mädchen." Tante Annas Augen glänzten. „Ein Stromer von Beruf, einer der gewohnt war zu elektrifizieren ..." Eine Weile blieb sie ganz still, sie lehnte sich zurück, liess die alten Zeiten in der Erinnerung wieder aufleben. Dann sagte sie mit einer unerwarteten Bitterkeit: „Das Dorf verzeiht nie. Die Leute bringen sich jederzeit ein. Die Moralprediger vom Dienst und die, welche sich selbst dazu ernennen." – „Was verzeiht ein Dorf nie, Tante Anna?" – „Oh, hab ich das gesagt?" Sie war sichtlich erschrocken. „Vergiss es. Schnee von gestern. Man soll nicht immer die gleichen alten Platten auflegen. Heute ist sowieso alles anders." Und dann fand sie den Faden wieder: „Jetzt ist er sesshaft geworden, betreut Unterwerke, die für die benötigte Netzspannung verantwortlich sind. Ich kenne mich in diesen Dingen nicht so aus. Aber da kann es plötzlich zu Stromausfällen kommen. Bei Überlastungen des Spannungsnetzes, bei Unwetter oder Bauarbeiten zum Beispiel. Meist gehen dabei die Sicherungen defekt. Oder ein Leitungsschutzschalter spricht an. Dann ist der gute Onkel Carlo gefragt. Rund um die Uhr." Sie seufzte. –

Onkel Carlo und Tante Anna standen ganz oben in meiner Gunst. Einmal durfte ich in den Sommerferien ein paar Tage bei ihnen verbringen. Sie hatten eine Tochter in meinem Alter und einen älteren Sohn, der eine Internatsschule besuchte. Die Familie wohnte in einer Mietwohnung, die zur vordersten Reihe mehrerer genau gleich gebauter, grau gestrichener Blöcke gehörte. Vom Stubenfenster aus sah man auf eine Fabrikanlage. Dazwischen war eine Durchgangsstrasse, die bei der nahen Tramstation ins zentrale Verkehrsnetz einmündete. Dort gab es einen Kiosk und kleine Läden, wo man die täglichen Einkäufe erledigen konnte.
Der Aufenthalt brachte mein beschauliches Landleben ganz schön durcheinander. War es der Freiheitsdrang der Jugend? War es die Absicht der Eltern, ihre Kinder sich austoben zu lassen, damit sie die nötige Bettschwere hatten? Wie auch

immer: Nach dem Nachtessen, so gegen halb sieben, knallten die Türen der Wohnungen auf, Kinder unterschiedlichen Alters stürmten schreiend ins Freie und vereinten sich grüppchenweise zu ihren Lieblingsspielen. –

Manchmal artete der Abend aus. Es begann damit, dass ein paar ältere Knaben sich zusammen schlossen, langsam auf den mittleren Block zugingen und wie auf ein Kommando skandierten: „Kaffeeschnauz, Kaffeeschnauz ...", bis jemand die Eingangstüre aufriss: Es wurde plötzlich still und gleich darauf stand eine Frau im Türrahmen, mit einem Besen in der Hand. Die rötlichen Haare hingen ihr wirr ins Gesicht, unter einem überlangen weissen Bademantel, der vorne offen stand und mit einer Kordel nur lose zusammengehalten war, trug sie ein blaues Pyjama. Ein Fuss steckte in einem Pantoffel, den andern hatte sie wohl unterwegs verloren. Plötzlich schrie jemand aus der hintern Reihe erneut: „Kaffeeschnauz! Kaffeeschnauz!" Die Frau machte mit dem Besen eine Drohbewegung gegen die Burschen und trat auf den Vorplatz. Da ging im oberen Stock ein Fenster auf: „Halt!" rief ein alter Mann. „Halt! Lasst meine Frau in Ruhe. Hört ihr endlich auf, die arme Frau zu quälen. Was ist nur los mit der heutigen Jugend? – Bleib stehen, Alice. Ich bin gleich unten. Das hat noch ein Nachspiel, ich versprech's euch ..." Er schloss wütend das Fenster. – Die Burschen verschwanden schnell in einem nahen Gehölz unterhalb des Bahndamms. – „Die rauchen dort", sagte meine Cousine. Und: „Das ist die Bühler-Alice. Die ist nicht ganz richtig im Kopf." – Mich schauderte es. „Hoffentlich begegne ich dieser Frau nie allein", sagte ich. – „Angst?" fragte meine Cousine und schaute mich etwas abschätzig an, wie mir schien.

Eines Tages geschah das Ungeheuerliche. Ich erkundete ganz allein das Quartier, ging weiter in der Richtung, wo die Häuser enger rückten und die Hauptstrassen breiter wurden, dabei verirrte ich mich in einer Nebengasse, und als ich dann doch den Weg fand, der zu meinem Block zurückführte, wollte ich so schnell als möglich wieder in unserer Wohnung sein. Aber in der Aufregung wählte ich den falschen Block, und als ich die Wohnungstür aufriss ... Um Gottes willen: die Frau mit dem Besen. Sie wischte den Gang. Da überfiel mich ein panischer Schrecken: „Jetzt muss ich büssen für das, was die ihr antun!" schoss es mir durch den Kopf. „Nein!" schrie ich, wendete blitzschnell und rannte um mein Leben. Schon war ich an der Haustüre. Aber sie klemmte. Und wie ich verzweifelt an der Falle riss, sagte plötzlich eine ruhige Stimme hinter mir: „Was ist denn los, Bub? Die klemmt oft. Da muss man nur kräftig drücken." – Ich drehte mich um und erstarrte: Frau Bühler ging an mir vorbei und griff nach der Falle. – „So. Da haben wir's!" Ich brachte kein Wort hervor. – Später wollte ich mich bei ihr bedanken. Mit einem Schokoladestängel, den ich von meinem Ersparten am Kiosk gekauft hatte. Aber als ich vor der Türe stand, verliess mich der Mut, ich getraute mich nicht zu läuten. Ich legte den Stängel auf die Teppichvorlage und schlich lautlos davon. Spät am Abend habe ich kurz nachgesehen. Er lag nicht mehr da.

In unserem Block ging es ruhiger zu. „Wenn du im Treppenhaus einer Frau begegnest", sagte meine Cousine, „die eine weisse Bluse trägt und einen dunkelblauen Jupe und ihr Haar färbt – ich bin sicher, dass sie das tut, denn solch kohlenschwarzes Haar gibt's nur in Afrika – und auch noch eine schwarz umrandete Hornbrille aufgesetzt hat, dann – ja, dann ist es Frau Müller aus dem 3. Stock. Die wirkt etwas mariniert, wie man sagt. Oder heisst es ‚maniriert'? … Na ja, du wirst schon sehen." – Aber Frau Müller war wirklich sehr nett. Wenn ich sie im Treppenhaus traf, hielt sie jeweils an, musterte mich erstaunt von oben bis unten und sagte: „Ja, wie geht's denn unserm kleinen Landbuben? – Gut, wie ich sehe." Dann griff sie in den Einkaufskorb am Arm und zog eine kleine Schokolade heraus. „Da!", sagte sie, „da habe ich was für dich. Wir hätten gerne auch ein so schmuckes Jungchen gehabt. Das war uns nicht vergönnt. Ja, ja, mit des Schicksals Mächten ist kein Bund zu flechten. Noch erholsame Ferien wünsch ich. Auf ein nächstes Mal!" –

Ganz oben wohnte Herr Magnaguagno. Sein Türschildchen zog mich magisch an. Dass man so heissen konnte! Aber noch mehr beneidete ich ihn um sein Velo. Es war ein Rennvelo. Mit dem fuhr er zur Arbeit, und abends spulte er noch eine Trainingsrunde ab. – Kam er nach Hause, buckelte er das Rad und eilte leichtfüssig – als sässen ihm Diebe im Nacken – die Treppe hinauf in den 5. Stock. Er öffnete die Türe, schob seinen Liebling hinein und schloss sorgfältig ab. – Er grüsste nie, wenn man ihm im Treppenhaus begegnete. Ich habe ihn auch nie mit jemandem sprechen sehen. Er lebte in seiner eigenen Welt. – „Magnaguagno ist Rennfahrer", sagte Onkel Carlo, „zur Zeit noch Amateur. Der wird's schon schaffen, so wie er sich abquält. Dann können wir vielleicht schon bald einen neuen Tour de Suisse-Sieger feiern. Hier im Quartier."

Mein Onkel besass auch ein Velo, mit dem machte er seine Dienstfahrten. Es war ein altes, robustes und schweres Modell, das liess er immer draussen beim Eingang stehen. Mein Onkel hatte für sich auch keine sportlichen Ambitionen.

Abends las er zwar regelmässig den ‚Sport', eine Fachzeit-schrift. Er interessierte sich besonders für die Velosparte. Das war noch die grosse KK-Zeit. Die Epoche der legendä-ren Kübler und Koblet, die für die Schweiz Spitzenresultate heraus fuhren.

Bei schönem Wetter machte der Onkel nach der Arbeit eine Ausfahrt mit mir. Er setzte mich auf die Querstange seines Velos, sog ein letztes Mal an seiner Zigarette – eine Parisi-enne ohne Filter – und spickte sie mit dem Finger elegant weg, dann griff er nach dem Lenker, trat kräftig in die Pedalen und los ging's. In der Erinnerung spüre ich wieder den kühlen Abendwind im Gesicht, höre die Stimme meines Onkels, der mir Namen vorsagt, die mich vor Wohlbehagen erschauern liessen und heute noch verzaubern mit dem Duft einer unbe-schwerten Kindheit: Katzensee, Oerlikon, Milchbuck … Die Namen entwickelten in meiner Phantasie eine Art Eigendy-namik, tauchten als Buchtitel auf: ‚Die Kinder von Oerlikon' – ‚Das Geheimnis des Katzensees' – ‚Ein Milchmann namens Buck' … Und ich erfand dazu passende Geschichten.

Manchmal kam er früher von der Arbeit nach Hause. Meist war Tante Anna dann noch beim Einkaufen. Dann erzählte er mir vom Ärger, den er in der Bude habe mit dem Chef, der nicht organisieren könne, aber ein Gehabe entwickle, als hätte er persönlich den Strom erfunden. Da sei doch Haus-arbeit das reine Vergnügen. Dabei lange er gerne selber mal Hand an. Bei der Wäsche zum Beispiel. So lasse er sich's nicht nehmen, das Farbige persönlich vorzuwaschen. Oder im Haushalt. In der Kunst des Rüstens von Möhrchen habe er rein tempomässig und in Sachen Genauigkeit der geschnip-pelten Scheibchen eine Fertigkeit erlangt, die z.B. für seinen Chef unerreichbar wären und so fort. Ich staunte und staunte. Nur wunderte ich mich, dass er dabei so verschmitzt lächelte. Bei uns daheim herrschte zudem eine klare Rollenverteilung. Waschen und Rüsten gehörten eindeutig in die Frauendomäne. Und als ich eines Tages meine Tante darauf ansprach: ob man den Onkel nicht etwas entlasten müsste bei den häuslichen Aufgaben, er habe im Geschäft schon Ärger genug … – „Den entlasten? Wovon denn? Der rührt doch keinen Finger im Haushalt." Da wunderte ich mich doch, war auch etwas enttäuscht. Sie aber sagte: „Se non è vero, è ben trovato. – Das ist italienisch: Wenn schon nicht wahr, dann gut erfunden. Ja, im Umgang mit ihm habe ich mir doch ein paar nützliche, fremdländische Brocken gemerkt." – Ich staunte, wie er mit gefährlichen Situationen umging. Etwa wenn er von seinen riskanten Heidelbeerernten im Tessin erzählte, wo er im Zusammenhang mit einer Wette auf dem Geländer, das Wanderer vor einem gähnenden Abgrund schützte, einen Handstand gemacht habe. – Meine Cousine schmälerte zwar meine Bewunderung: Sie sei dabei gewesen, damals. An und für sich stimme das, aber er habe auf ihr inständiges Bitten hin diesen Kraftakt nicht ausgeführt. Später vermutlich schon. Zuzutrauen sei's ihm auf jeden Fall. –

Unweit des Blockes stieg man eine Treppe hinauf zum Schrebergarten, den er von der Bahngesellschaft hatte mieten können. Ich half ihm oft beim Wässern des sehr gepflegten Gemüse- und Blumengartens und beim Füttern der Kaninchen. Dann setzten wir uns auf das Bänklein, schauten zu unsern Blöcken hinunter und zu den Häuserreihen, die dahinter immer dichter wurden und in ein Häusermeer ausuferten. Und dort irgendwo, unsern Augen nicht sichtbar, war der Hauptbahnhof. Dort würde ich schon bald den Zug besteigen und nach Hause fahren … Aber ich hatte es gar nicht eilig.

Ich muss oft an einen Weihnachtsabend denken, von dem mir meine Cousine viel später erzählte. Ein Gespräch am Tisch sei plötzlich in Streit ausgeartet. Grundlos, es sei um den Chef gegangen. Mutter sagte, wenigstens am Heiligen Abend sollte man versöhnlich sein. Da sei der Vater wütend aufgestanden und habe sich wortlos ins Bett verzogen. Und das ausgerechnet, wo mein Bruder über die Festtage aus dem Internat angereist war. Mutter blieb eine Weile am Küchentisch sitzen, dann griff sie nach einem Taschentuch und fuhr sich damit über die Augen. „So, Kinder", sagte sie und stand auf. „Heute ist Jesus geboren. Das muss doch gefeiert werden." Dann füllte sie eine Pfanne mit Wasser, trat an den Herd und stellte das Gas an. Drauf packte sie Kerzen und Halter in eine Tasche, legte ein paar farbige Kugeln dazu, eine Büchse mit Weihnachtsplätzchen, Plastikbecher, Teebeutel, Streichhölzer. Dann füllte sie die Thermosflasche mit dem heissen Wasser ab. – „So, jetzt zieht euch warm an: Mäntel, Socken, Stiefel …" – Und dann sind wir durch den Schnee gestapft, die Treppe hoch und an Vaters Schrebergarten vorbei, über die Bahngeleise und immer weiter hinauf und zählten die Christbäume, die in den Häusern brannten. Und als die Tasche, die wir abwechselnd trugen, langsam schwer wurde, erreichten wir den Waldrand. Dort haben wir ein schönes Tännchen ausgesucht, da und dort etwas Schnee weggewischt und an diesen Stellen Kerzen und Kugeln angebracht. Dann hat die Mutter in der Nähe mit blossen Händen eine kleine Bank vom Schnee gesäubert und eine Decke ausgelegt. Und dann haben wir die Kerzen angezündet, sind auf dem Bänklein gesessen und haben Weihnachtslieder gesungen. Bevor wir gingen, sagte Mutter: „Es ist schade, dass Vater nicht dabei war." – Es ist der schönste Heilige Abend, den ich je erlebt habe. –

Viele Jahre später – Tante Anna war bereits gestorben und ihr Gatte lebte im Altersheim – hörte ich von meinem Cousin, dass der Onkel im Spital liege und dass kaum mehr Hoffnung auf Genesung bestehe. – Ich erschrak, als ich neben seinem Bett stand. Im ersten Moment meinte ich, mich im Zimmer geirrt zu haben. Sein Gesicht war fahl und ausgemergelt, das Haar lang und schneeweiss. Die Hände lagen gefaltet über dem angeschwollenen Bauch. Er schien zu schlafen. Ich holte einen Stuhl beim Esstischchen in der Ecke und setzte mich ans Bett. Da öffnete er plötzlich seine Augen. Ein Lächeln huschte über sein Gesicht. „Es gilt Abschied zu nehmen, mein Kleiner", brachte er mühsam hervor, „dieses Mal kann ich dich nicht mitnehmen, die letzte Fahrt macht jeder allein." Ich wollte ihm eine Freude bereiten und erinnerte ihn an die unvergesslichen Tage, die ich damals im ‚Block' verbringen durfte. Ich weiss nicht, ob er mir zuhörte. Und ich wollte ihn nicht noch mehr ermüden: „Ich komme nächste Woche wieder", versprach ich. „Dann geht's dir sicher besser." – Er ging nicht darauf ein. Als ich schliesslich aufstand, hatte ich das Gefühl, er wolle mir noch etwas mitteilen, aber das Reden fiel ihm sichtlich schwer. Ich beugte mich zu ihm. Da sagte er, und es war mehr ein Flüstern: „Bitte Gott, dass er mich sterben lässt. Ich halte diese Schmerzen nicht mehr aus".

Das setzte mir zu. Ich hätte mir nie vorstellen können, dass Onkel Erich Carlo mich um einen solchen Dienst bitten würde. Meines Wissens war der Onkel kein Kirchgänger. Und ich erinnerte mich nicht, dass wir je über Gott und die Letzten Dinge geredet hatten. Und plötzlich wurde mir bewusst, dass unsere Gespräche ganz allgemein sich immer nur um die kleinen Freuden und Sorgen des Alltags drehten. Das mag daran liegen, dass meine Kontakte mit dem Onkel vor allem auf meine frühe Jugend zurück gingen, da lässt sich noch mit einem vereinfachten Weltbild gut leben. Tante Anna war da anders als ihr Gatte. Brauchte den religiösen Rückhalt. Und ich musste wieder an dieses ‚Anders-sein' denken, das offenbar sehr früh auf diese Beziehung einen Schatten geworfen hat, der sie hartnäckig begleitete. Ganz schlimm war der Tod Renatos, eines Zwillingsbruders meiner Cousine. Er war im Kleinkindalter an einer Hirnhautentzündung gestorben. Der Todesfall erschütterte diese Ehe. Ich weiss nicht, ob dabei noch gegenseitige Schuldzuweisungen im Spiel waren. Von mangelnder Sorgfaltspflicht habe ich mal was mitbekommen. Jedenfalls zogen sich die Eheleute ganz in sich zurück. Carlo sprach nicht darüber und Annas fast naiver Gottesglaube bekam Risse. Was war das für ein Gott, dem sie immer alles anvertrauen konnte, der ihr in allen Lebenslagen zur Seite gestanden war? Was hatte sie ihm angetan, was nicht schon längst abgebüsst war? – Es dauerte Jahre, bis sie wieder zurück fand zu ihrem Ort der Kraft und des Trostes. Auch darüber habe ich nie mit meinem Onkel gesprochen. –

Wenn ich an Onkel Erich Carlo denke, tauchen automatisch die kurzen Ferien auf, die ich in der einfachen Mietwohnung verbringen durfte. Die Strahlkraft dieser Tage hält ungebrochen an. Es wird dann mit einem Mal hell und klar in meinem Kopf, ich fühle mich leicht und frei. Und dieses Gefühl schützt mich davor, nach weiteren Gründen zu suchen, welche die Beziehung dieser Eheleute immer wieder gefährdeten.

Denn es ist bei bestimmten Personen aus meiner frühen Jugend so, dass sich sehr schnell ein eng geknüpftes graues

Gewebe über sie legt, wenn ich mich ihrer erinnere. Als müsste ein Geheimnis verschleiert werden, das zu entschlüsseln mir nicht zusteht. Dieses unselige Scheinwissen, das früher eine Generation der nachfolgenden weiter gab: Nichts existiert, was nicht sein darf.

Wintereinbruch

Zu meiner Volksschulzeit besassen die meisten Kinder einen Davoser Schlitten. Ein solcher Schlitten kann bis 130 cm lang sein. Er besteht aus einer festen Holzkonstruktion mit Lattensitz und zwei mit Eisen beschlagenen Kufen. Diese sind vorne hoch gebogen und mit einem Zugeisen verbunden.

Zum grössten Teil des Jahres lagerten diese Schlitten irgendwo im Keller, durch Kisten und Geräte und allerlei Gerümpel verstellt. Ging es aber auf Weihnachten zu und hatten sich mal ein paar Schneeflocken in unsere Gegend verirrt, machten wir vorsorglich den Standort unseres ‚Davosers‘ aus, räumten schon mal etwas um, damit er uns näher rückte. Und wenn es dann zum ersten Mal richtig zu schneien begann, hielt uns nichts mehr im Haus. Gleich nach der Schule holten wir die Schlitten aus dem Keller und stapften zu den umliegenden Hügeln. Aufstieg und Talfahrt jagten sich, Lachen und Schreien erfüllten die Luft, bis Essenszeit war oder die schnell einbrechende Nacht dem tollen Treiben ein vorzeitiges Ende setzte.

Schon bald genügten diese Hügel nicht mehr allen Ansprüchen. Die Oberschüler trennten sich von den jüngern Jahrgängen und zogen gemeinsam zum Kirchhügel hinauf. Dort formierte man sich auf dem Vorplatz des Friedhofs zu den beliebten ‚Zugfahrten’. Ein ‚Zug‘ bestand aus etwa fünf Davosern, die man in der Längsseite hintereinander positionierte. Dann zog jeder Teilnehmer seine gestrickte Zipfelmütze tief über die Ohren, legte sich bäuchlings auf seinen Davoser und schob die Füsse eng hinter die hochgebogenen Vorderkufen des nachfolgenden Schlittens.

Sobald die Kombination derart gekoppelt war, rief der hinterste Teilnehmer: „Bereit!" Da griffen alle Hände in den Schnee und schaufelten sich vorwärts, die Schlittenkette kroch knirschend zum Hang, nahm Fahrt auf und während man am Erb-Haus vorbei glitt, fassten die Finger nach den Enden der Vorderkufen, die fühlten sich durch die gestrickten Fingerhandschuhe hindurch eiskalt an. Und schon ging's den Rain runter und der Kirchhofmauer entlang, vorbei an ein paar älteren Kirchgängern, die sich an die Mauer drückten. Jetzt bremste der vorderste Fahrer, indem er seine Schuhspitzen in die Unterlage trieb. Schnee wirbelte auf und raubte den Nachfolgenden für einen kurzen Moment die Sicht. Nun galt es, den Bogen nach links mittels gezielter Gewichtsverlagerung zu erwischen, dann stach die Fuhre den Hang hinunter zur Geissgasse, die in der flacheren Schulstrasse auslief.

Wenn die Unterlage genügend Schnee hatte oder vereist war, ging's langsam weiter, man überquerte die Hauptstrasse und fuhr rechts die Schmittenhalde hinunter zum Widenplatz, wo die Fahrt endete. Die Verflechtung der Schlitten löste sich auf. Man machte sich gleich auf den Rückweg. Es galt, neue Rekordweiten zu erzielen.

Ganz harmlos waren diese Fahrten nicht. Gelegentlich überschlug es einen Zug, wenn der vorderste Fahrer eine Kurve nicht erwischte. Oder wenn er aus Übermut zu schlenkern begann, so dass die ganze Fuhre in eine Schlangenbewegung geriet und überkippte. Aber ich kann mich nicht erinnern, dass es in meiner Zeit je zu einem ernsthaften Unfall gekommen ist. Selbst dann nicht, wenn nach einem Wärmeeinbruch eine Kältewelle die Unterlage teilweise in eine Eisfläche mit Unebenheiten verwandelte, über welche die Schlitten steuerlos hinwegpolterten. Auch schränkte uns der damalige Verkehr nicht gross ein. Wer nicht unbedingt aus dem Haus musste, blieb an frostigen Tagen daheim. Die wenigsten Leute besassen ein Auto, gelegentlich holperte im Winter ein Pferdefuhrwerk durchs Dorf. Viele Strassen waren noch nicht so breit angelegt wie heute und auch nicht geteert. Und wäre eine Überwachung des Verkehrs nötig gewesen, hätte man schnell Schüler aus den untern Klassen gefunden, die sich durch diese Aufgabe ein gewisses Ansehen unter ihren Kollegen erworben hätten.

An einem Sonntag anfangs Februar – der Ziegeleiweiher hatte erstmals eine geschlossene Eisschicht – bekamen wir Besuch aus Basel. Onkel Willi hatte am Vorabend telefoniert, er käme am frühen Nachmittag gerne vorbei. Ob Vater immer noch im Gemeinderat sei. Er hätte ihn gerne in planerischen Angelegenheiten etwas gefragt. Seine Frau lasse sich entschuldigen, sie habe wieder ihre Wochenend-Migräne. Max werde ihn aber begleiten. Er sei bereits in der Oberstufe des humanistischen Gymnasiums und könne seinem Cousin, der sich, wie er gehört habe, auf die Aufnahmeprüfung ans Progymnasium vorbereite, sicher ein paar nützliche Tipps geben. –
Das Gespräch drehte sich dann fast ausschliesslich um Landkauf. Der Onkel hätte gerne ein Grundstück erworben, als Kapitalanlage für die Zukunft sozusagen. Ob wir Kenntnis hätten von derlei Angeboten und mit welchen Quadratmeterpreisen man derzeit rechnen müsse. Mein Vater meinte, das komme doch sehr auf die Lage an und: „Moment", sagte er, „ich hol doch gleich mal im Büro den neuen Überbauungsplan …" –
Ich hatte mich mit Max auf mein Zimmer zurückgezogen, wo

ich ihm meine Briefmarkensammlung zeigen wollte. Aber Max war sichtlich nicht bei der Sache. Er erwähnte einen Eishockeymatch, wo man ihn mit Blaulicht ins Spital überführt habe, und heute sei er ausnahmsweise mal nicht unter den Zuschauern, und er frage sich, ob man überhaupt auf dem Land, fernab der Stadt …" Und als ich nicht auf ihn einging … „Hier", sagte er und wies stolz mit dem Zeigfinger auf eine Narbe über der Oberlippe. „Getroffen von einem Puck. Ein abgelenkter Torschuss." Und nachdem ich das vernarbte Resultat besichtigt hatte, hakte er wieder ein: „Das könnte vielleicht auch deine Freunde interessieren. Ich weiss nicht, wie weit ihr euch hier auf dem Land in Sachen Hockey auskennt. Und da jetzt der Teich gefroren ist, wie du sagst, könnte ich euch an Ort und Stelle mal erklären, wie ein richtiges Eisstadion aussieht und wie ich blutüberströmt mit Blaulicht …" – Und dann begleitete er mich zum Weiher. Dort trafen wir meine Freunde. Er zeigte allen die Narbe über der Oberlippe und erzählte vom Rettungswagen und Blaulicht. Und er besuche jeden Sonntagnachmittag die Spiele seines Clubs, aber seit dem Unfall nur noch mit Helm. Und alle bestaunten respektvoll die Narbe und wollten wissen, wie schwer so ein Puck sei und aus was für Material und wie gross das Tor verglichen mit einem Fussballtor und wie denn ein Torwart sich schützen könne … – Mit der Zeit liess das Interesse der Zuhörerschaft nach. Zudem besassen die meisten von uns nur Schlittschuhe, die man an der Schuhsohle festschrauben musste. Und in die Stadt kamen wir ohnehin nur ganz selten. –

Auf dem Heimweg beschlich mich ein ungutes Gefühl. Mir war, als sei unser Dorf richtiggehend unter die Räder gekommen. Max hatte uns mit seinem Auftritt förmlich überrumpelt und eine verwundbare Stelle getroffen: Im Bereich Leistungssport konnten wir nichts Ebenbürtiges anbieten. Ich versuchte fieberhaft, für unsern Ort zu punkten, aber es fiel mir mit dem besten Willen nichts Geeignetes ein.

Abends im Bett – da waren die Besucher schon längst wieder zu Hause – liess ich mir alles nochmals durch den Kopf gehen. Und da begriff ich mit einem Mal: Wir brauchten gar kein Eisstadion. Wir hatten ja den Weiher. Und als bedürfe die Einsicht einer inneren Bestätigung, spürte ich die Spannung, die jeweils ein erster Kälteeinbruch im Winter bei uns Kindern auslöste. Dieses Hangen und Bangen mit dem Eis, das sich eines Tages im Schilf gebildet hatte: Würde es durchhalten und wachsen? Gar den ganzen Weiher bedecken? – „Wir sollten jetzt probieren, ob das Eis bereits trägt", hörte ich mich sagen. Emil hielt dagegen: „Mein Vater meint, man muss mit der Eisenstange ein Loch stechen und messen, wie dick das Eis ist. Es braucht wenigstens …" – „Dummes Zeug", fuhr ich dazwischen, „wenn plötzlich der Föhn einbricht, ist die Pracht vorbei. Wer weiss, ob sich dann die Kälte nochmals durchsetzt." –
Ich rieb mir die Augen. Für einen Moment hatte ich tatsächlich geglaubt, ich sei mit den andern am Weiher.
Ich versuchte zu schlafen, aber der Weiher gab mich nicht frei. Gerüchte fielen mir ein, über tiefe Stellen des Teiches und dass vor Jahren ein einsamer Spaziergänger an einem Winterabend eingebrochen und unter die feste Eisdecke geraten sei und nicht mehr rausgefunden habe. Man habe den Leichnam nie gefunden. Einige wollten die Stelle kennen, wo der Ärmste elendiglich ertrunken war. Und ein Oberschüler führte als Gewährsmann den verstorbenen Grossvater an: der habe das Opfer noch persönlich gekannt. –
In meinen nächtlichen Träumen hörte ich plötzlich das Kra-

chen, sah den weissen Riss zwischen meinen Füssen, der knirschend ein Netz bläulicher Linien auslegte, das im nächsten Moment in seine Teilstücke auseinanderbrechen würde. Ein kurzer vorsichtiger Schritt könnte mich retten ... aber ich war wie gelähmt. Dann gurgelndes Wasser, eine Stimme, die meinen Namen rief. „Ich komme", wollte ich erwidern. Aber ich brachte nur ein krächzendes Geräusch zustande. Und wieder die Stimme, aber die kannte ich doch – „Schlaf nur, du hast schlecht geträumt. Alles ist gut." Meine Mutter stand neben dem Bett. –

Darüber hätte ich mit Max reden müssen, dachte ich. – Zu spät.
Gut, Angstträume und Mutter ... Das war etwas genierlich. –
Und das mit dem Miststock hätte Max wohl nicht begriffen. Das geschah in der Vorschulzeit. Da kannte ich den Weiher noch gar nicht.
Ich sehe ihn vor mir, diesen Miststock, an dem sich eine grosse Jauchepfütze staut. Er steht neben dem Nussbaum, im Hinterhof des Bauerngutes, das meine Grosseltern bewirtschafteten: ein solider Aufbau aus Stalldung, Karrette um Karrette über ein schräg angestelltes Brett aufgefahren, gekippt und mit der Gabel gleichmässig verteilt, geschichtet, liebevoll gezopft. Er dampft leicht, wenn man eine stallwarme frische Schicht aufgelegt hat und verströmt jenen spezifisch erdigen Geruch, der für mich nichts Anrüchiges hatte und auch heute noch schöne Kindheitserinnerungen zurück ruft. Da ist jener frostige Dezembertag, wo ich meiner Grossmutter von der Apfelwähe bringen musste, die Mutter gebacken hatte. Und wie ich von der Rückseite her übers Hinterhaus ging, sah ich eine Eisschicht auf der Jauchepfütze beim

Miststock, und da wollte ich prüfen, ob die Decke schon tragfähig war. Ich machte ein paar vorsichtige Schritte und – grosser Gott – ein Knistern und Knacken – brach durch und landete samt der schönen Wähe in der braunen Sauce. „Grossmuter!", schrie ich. „Hilfe, Grossmutter, Hilfe!" Und die Grossmutter stand plötzlich in der offenen Türe, hob den langen Jupe etwas an und eilte, so schnell sie konnte, mir entgegen.

Später sass ich im Zuber mit heissem Wasser, den sie in der Küche aufgestellt hatte. Und während ich mich schrubbte und mit einem weissen Leinen abtrocknete, suchte sie in einem Kasten nach passenden Kleidern – ich weiss nicht, woher diese stammten – und während ich mich ankleidete, holte sie im Hühnerstall frische Eier. Sie brachte auch gleich aus dem Schopf eine Welle trockenes Reisig mit, und nach kurzer Zeit brannte das Feuer im Holzherd. Dann schlug sie zwei Eier in die Pfanne und bereitete mir die besten Spiegeleier der Welt und schnitt mir eine grosse Scheibe ab vom selbst gebackenen Bauernbrot, die Rinde war noch etwas grau von der Asche. Das Brutzeln in der Pfanne, das knisternde Feuer, der Duft nach trockenem Holz, das feine Räuchlein, das im Kamin verschwand: ein Fest der Sinne, eine ganz tiefe Freude, die mich heute noch überkommt, wenn ich daheim an kalten Winterabenden am offenen Kaminfeuer sitze. Und manchmal ist mir dann Grossmutter ganz nahe: „Ich lasse der Mutter herzlich danken für die Wähe. Da, ich habe dir noch einen Laib Brot in die Tasche gelegt. Und die Kleider wasche ich und bring sie euch am Montag zurück. Im Austausch mit deiner heutigen Ausstattung. Und die Mutter soll froh sein, dass dir nichts passiert ist …"

Ich kann mich nicht erinnern, dass sich Grossmutter in meiner Gegenwart je abfällig über Personen geäussert oder sich über eigene Beschwerden beklagt hat. –

Im Alter wurde ihr Wirkungskreis mehr und mehr eingeschränkt. Den Betrieb hatte ein Sohn mit seiner Familie übernommen, mit der Auflage, dass Grossmutter im Erdgeschoss noch zwei Zimmer und die Küche benutzen könne. Des weitern hatte sie freien Zugang zum Garten und zum Hühnerhof. Und schliesslich gehörte ihr noch ein Stallanteil für die Ziege. Die Ziege war ihr grösster Stolz. Ich sah ihr oft beim Melken zu. Sie zog mit flinken Fingern an den Zitzen des prallen Euters, und die Milch spritzte in Strähnen in den bereit gestellten Kessel. Manchmal schlich ich mich heimlich in den Stall und wollte es der Grossmutter gleich tun. Aber ich brachte nur spärliche Tropfen zu tage, und das dumme Tier schlug gleichzeitig mit den Hinterbeinen nach mir aus. Ich wusste nicht, was ich dabei falsch machte, aber ich getraute mich nicht, Grossmutter um Rat zu fragen. Sie liess nämlich niemanden an die Ziege heran und schürte so wohl unbewusst das Gerücht, nur sie allein könne mit dem Tier umgehen. – Gut, mich hätte sie vielleicht akzeptiert. Aber ich fürchtete ihre Absage, die hätte wehgetan.

Das war meine Grossmutter. In meiner Erinnerung sind viele Bilder von ihr gespeichert. Oft steht sie am Herd und erhitzt für mich Milch in der Pfanne. Frische Ziegenmilch. „Etwas Warmes für den Heimweg!" Draussen brennen bereits die Strassenlaternen, die Wände der Küche sind schwarz vom Rauch, die Deckenlampe spendet wenig Licht. Ich mag dieses geheimnisvolle Halbdunkel, wenn die Dämmerung anbricht und der Tag sich langsam auflöst in der Nacht. – Jetzt öffnet

Grossmutter das Ofentürchen, schürt mit einem Eisenhaken die Glut und legt ein Scheit nach, das Feuer flackert auf. Für einen Moment dreht sie sich nach mir um, ein Lichtschein huscht über ihr Gesicht: wissende Augen, ein Lächeln in den Mundwinkeln.

Hilfskräfte

Das Bauernhaus meiner Grosseltern gibt es schon lange nicht mehr. Es lag an der Schulstrasse und musste einem modernen Handelsbetrieb Platz machen, der sich mit Herstellung und Vertrieb von Schmuck und Accessoires befasst. Auch das Quartier gegenüber hat sich verändert. Die ehemalige Druckerei mit Papeterie wurde erweitert, und verschiedene Wohnhäuser wurden abgerissen, um neue Parkflächen zu schaffen. Hier hatten ärmliche Leute gewohnt. Die Bauten lagen im Schatten der Druckerei und hatten kleine, lukenartige Fenster, durch die wenig Tageslicht fiel. Nicht alle Zimmer konnten geheizt werden, die sanitären Einrichtungen hätten längst renoviert werden müssen, überall war es kalt und feucht und roch nach Moder.

Im oberen Stock des Hauses, direkt an der Strasse, wohnte das Ehepaar Schmid. Von der Stube unseres Bauernhauses sah man auf die fensterlose Frontseite des Altbaus mit dem Eingang. Man erreichte ihn über eine Treppe, die schräg der Mauer entlang stieg und bei der Türe in einen kleinen Balkon auslief. Der Name ‚Schmid' fiel im Dorf selten. Die Dorfbewohner sprachen von die ‚Welsch und ihr Mann'. Wir Kinder nannten die Frau nur die ‚Gustilasoupe'.

Die Gustilasoupe kam ursprünglich aus dem Welschland und diente in einer hiesigen Dorfbeiz als Mädchen für alles. Sie hatte in der Gemeinde ihren künftigen Ehemann gefunden, den Gusti. Er war ein untersetzter, kräftiger Kerl mit einem rundlichen, kahl rasierten Schädel, aus dem einen grosse, dunkle Augen musterten. Im Sommer trug er meist ein ärmelloses graues Leibchen und eine graue Hose, die er mit einem Riemen unter dem überhängenden Bauch zusammengebunden hatte.

In meiner Erinnerung stösst er immer einen mit Besen und Schaufel belegten Schubkarren durchs Dorf, bedächtig ein Bein vors andere setzend, als befördere er nebst dem Kasten Bier unter der Plache noch andere verderbliche Ware. Von Zeit zu Zeit hält er an und wischt sich mit einem riesigen farbigen Nastuch über das schweissnasse Gesicht.

Wenn die Glocke im Kirchturm mittags zwölf Uhr ankündigte, blieb Gusti stehen, bis die Schläge verklungen waren. Dann hörte man eine Frauenstimme rufen: „Gusti, la soupe!" Und nach einer kurzen Pause erneut: „Gusti, la soupe! – Hé, Gusti, dépêche-toi!" Da griff Gusti wieder zu, und schon bald bog er ab in die Schulstrasse, wo seine Frau vom Balkon aus erneut lautstark zum Mittagsmahl aufrief.

Das Paar harmonierte gut. Gusti Schmid arbeitete vermutlich im Dachziegelwerk und verdiente sich noch ein Nebeneinkommen bei Verrichtungen für die Gemeinde. Die Gustilasoupe bot sich als Haushalthilfe an. Man hätte bei dieser neuen Konstellation auch von ‚Frau Schmid' reden können, aber die meisten Leute blieben bei der vertrauten Titulierung. Vielleicht lag es auch daran, dass die Dienstleistungen der Frau immer öfter zu Klagen Anlass gaben. Ich höre noch heute die Stimme meiner Mutter: „So, Frau Schmid, jetzt setzen wir uns mal an den Tisch und trinken zusammen eine Tasse schwarzen Kaffee. Dann gehen Sie heim und legen sich hin. Wenn Sie wieder ganz nüchtern sind, ziehen Sie etwas Ordentliches an – den Topfhut und das kurze Weisse mit den Rüschen brauchen wir hier nicht – und dann melden Sie sich wieder. Ich erkläre Ihnen dann, welche Zimmer zu reinigen sind und wie." –

Solche Vorkommnisse häuften sich und sprachen sich schnell herum. Jedermann wusste: Die ‚Welsch' trinkt gern eins über den Durst. Besonders der einheimische Kirsch hatte es ihr angetan. Gusti blieb bei seinem geliebten Bier und hielt den Konsum einigermassen in Grenzen. – Für die Frau begann eine schlimme Zeit. „Gustilasoupe", schrien Schulkinder, die am Haus vorbeizogen, „schmeckt der Schnaps?" Da ging die Tür auf, die Frau trat an die Brüstung und fuchtelte wild mit den Händen: „Je vais informer vos parents. Oui, vos parents, isch werde sagen eure Maman und Papa, isch …" Die Worte gingen unter im wilden Geschrei. – Die Mahnungen meiner Eltern fruchteten wenig. Zumal ich ein Wort unserer Nachbarin aufgeschnappt hatte, das ich zu meinen Gunsten auslegte. Bei einem Schwatz über den Gartenhag hatte sie meiner Mutter von einem ‚selbstverschuldeten Elend' erzählt, und dies im Zusammenhang mit der ‚Welsch', wie ich vermutete.

Ab und zu tauchten auch ehemalige Knechte vom Bauernhof in meinem Elternhaus auf. Ferne Erinnerungen, die plötzlich aus ihrem Schattendasein traten und ins Licht der Gegenwart drängten … Mir ist, als sei's erst gestern gewesen … Ach, das ist doch …

Ja, heute haben wir hohen Besuch: Der ‚General' macht uns seine Aufwartung. Ein alt gedienter Knecht ohne militärische Ehren. Seinen Übernamen verdankte er dem Umstand, dass er Herzog hiess, gleich wie ein Bürger von Aarau, der während des Deutsch-Französischen Krieges General und Oberbefehlshaber der Schweizer Grenztruppen war.

Der ‚General' war klein von Wuchs, hatte ein rötliches Gesicht mit violetten Einlagen, trug stets ein weisses Hemd mit schwarzem Gilet, aus dessen Seitentasche das Kettchen einer Sackuhr hing… „Grüss dich Gott, Marie" – er steht unter der Türe –, „hab ein paar Tage Urlaub bekommen. S'ist hart, im Heim, so ohne …" Er macht eine verächtliche Bewegung mit dem rechten Arm. „Stur sind die, nicht einen Tropfen, sag ich dir …. Dachte, ich sehe mal, wie's euch so geht. Eh, was ich sagen wollte. Ihr habt Holz vor dem Haus, ich hab's gleich gesehen. Das muss gespalten werden. Zu strenge Arbeit für eine so hübsche, junge Frau. Ich sag dir, wie wir's machen: Du gibst mir 50 Rappen, dann trink ich einen Schnaps im Warteck – nur einen, ich versprech's. Aber du kannst mir ruhig einen Franken geben, wenn's dir lieber ist. Dann reicht's noch für morgen. Und wenn ich den Schnaps sozusagen verinnerlicht habe, bin ich gleich zurück, dann werden die Scheite nur so fliegen, ein Schluck Feuerwasser, Marie, das gibt Kraft, du wirst sehen …" – „Mir wär's lieber, du würdest zuerst einen Boden legen", widerspricht meine Mutter. „Iss mit uns, das Mittagessen ist gleich fertig. Dann ruhst du dich ein bisschen aus, und dann schenk ich dir ein Gläschen ein und dann geht sie los, die Schlacht am Stoss. Am Holzstoss, mein ich." – „Kluges Mädchen", sagt der General, „kennt seine Pappenheimer. Es cheibe Schmuse-Chätzli, aber mit Krallen. Nur, ich mein, ich bin jetzt – ich würde mal sagen – schon ein Vierteljahr trocken, da kann man …" – „Nichts mit Säuseln. Wir machen's so, wie ich gesagt habe, oder es wird nichts mit dem Handel." – Der General murmelt etwas von „hübsch aber oho" und sagt schliesslich gottergeben: „Was sein muss, muss sein." – Und dann packt er noch einen Klassiker aus: „Ehret die Frauen, sie flechten und weben himmlische Rosen ins irdische Leben."

Der ‚Lange Gusti' bot sich an fürs Holzsägen. Das war ein ganz anderer Typ. Gross und hager. Bleich. Die Augen wie nach innen gerichtet. Er trug stets ein blaugestreiftes Hemd, und die Ärmel zurück gekrempelt. Dazu eine dunkelblaue Überhose. Er war sehr wortkarg. Grüsste nicht, wenn man ihn ansprach, redete nur mit sich selber. Ich hörte ihm liebend gerne dabei zu … „Ein Luder ist sie, ein durchtriebenes Luder", brummt er eben. Da weiss ich, es geht wieder um seine Frau, von der er meines Wissens getrennt lebt. „Die lässt mich nicht in Ruhe, Bub", sagt er, und: „Kreuzhimmelherrgottsackerment, kommt nachts zu mir ins Zimmer, durchs Schlüsselloch, Bub. Da staunst du. Aber so sind sie, die Weiber. Denen ist nichts heilig. Du wirst auch mal gescheiter …" – Er gibt unverständliche Laute von sich. Dann langt er in eine Aussentasche seiner Hose und zieht ein Päckchen Nähnadeln heraus. Er lächelt pfiffig: „Verstehst, Bub, die steck ich ins Schlüsselloch, eine nach der andern, bis das ganze Loch voll ist. Dann soll sie kommen, die Alte …" Er stösst einen Jauchzer aus. Da geht das Fenster auf und meine Mutter fragt: „Was ist denn hier los?" – „Nichts", sage ich. „Der Gusti freut sich nur darauf, dass seine Frau nachts durchs Schlüsselloch kriechen muss, und das unter schwersten Bedingungen …" – „So, jetzt reicht's mir. Du kommst ins Haus. Und der Gusti soll mal in Ruhe sägen." – „Immer wenn's am spannendsten ist, muss ich …" Aber meine Worte gehen unter im Lärm der Säge, mit welcher der Lange Gusti nun einem dicken Ast zusetzt.

Es gehört sich, dass wir uns abschliessend nochmals an Gustilasoupe erinnern.

Eines Morgens – es war kurz vor den Frühlingsferien – läutete es um halb elf Uhr ins End. Wie ein Lauffeuer ging's durchs Dorf: Der Schmid ist gestorben, der Mann von der Gustilasoupe. Das Herz, vermutlich. Auch bei der Jugend schlug die Kunde ein wie ein Blitz. Besonders als Oberstufenschüler verbreiteten, der Gusti sei daheim aufgebahrt und Frau Schmid hätte sicher Freude an einem Kondolenzbesuch. Einige hielten dies für ein Gerücht. Andere sagten, möglich sei es schon, die Gustilasoupe sei nun einmal die Gustilasoupe. Und ein paar Knaben der Abschlussklasse kündigten im Sinne einer Mutprobe an, sie würden jedenfalls am freien Mittwochnachmittag im Trauerhaus vorstellig werden. Das sei für Knaben eine Ehrensache. Wobei sich ein paar Mädchen zur Aussage hinreissen liessen, man könne doch die Frau in ihrer Trauer nicht einfach im Stich lassen.

Ich sicherte mir bei Grossmutter für den besagten Nachmittag sofort einen Fensterplatz in ihrer Stube, wo ich, durch einen Vorhang geschützt, ungestört das Sterbehaus gegenüber würde beobachten können.

Ein halbes Dutzend Mädchen, die ausnahmsweise am spätern Nachmittag für eine Theateraufführung an der Schulschlussfeier üben mussten, standen bereits um halb zwei Uhr am Fuss der Treppe, als ich meinen Platz am Fenster bezog. Sie redeten aufeinander ein, aber so leise, dass ich nichts verstand. Obwohl ich das Fenster spaltbreit geöffnet hatte. Das vorderste Mädchen, welches die andern um Kopfgrösse überragte, hiess Regula. Ich hatte sie beim Jugendfest kennen gelernt und hätte sie gerne mal zu einem Eis eingeladen, aber wenn sich die Gelegenheit dazu bot, verliess mich der Mut. Regula betrat eben die Treppe. In der Mitte hielt sie an, schaute sich um und winkte die andern zu sich. Sie schlossen zu ihr auf und stiegen gemeinsam hoch. – Die Eingangstüre war nur angelehnt. Für einen Moment zögerten sie, dann stiess Regula die Türe ganz auf, und sie traten ein. Unten hatte sich eine Knabengruppe gebildet. Ungeduldig schauten sie immer wieder empor. Etwas verärgert, schien mir, weil ihnen die Mädchen zuvorgekommen waren. Da, endlich. Die Türe öffnete sich, die Mädchen traten auf den Balkon, blieben einen Moment stehen wie geblendet vom Tageslicht und eilten dann schnellfüssig die Treppe hinab, die Knaben drängten wortlos in der Gegenrichtung an ihnen vorbei – unten wurden die Mädchen von Neugierigen umringt. Schon bald formierte sich ein weiteres Besuchergrüppchen ... Und so entwickelte sich eine schier endlose, stumme Kondolenzkette, weil auch jene, die vom Sterbezimmer kamen, sich wieder nachdrängenden Gruppen anschlossen. – Als ich unter den Wartenden ein paar Klassenkameraden erkannte, trat ich ebenfalls auf die Strasse und mischte mich unter sie. Schliesslich standen auch wir beim Eingang und drückten uns an den Austretenden vorbei.

Frau Schmid sass am Bett des Toten. Sie trug einen schwarzen Jupe und eine weisse Bluse mit Rüschen um den Hals. Sie beugte sich immer wieder schluchzend über ihren Mann, fuhr ihm mit der Hand sanft über die fahlen Wangen, hauchte ihm einen Kuss auf die Stirn, und wir standen da, starrten wortlos auf diesen Mann im blütenweissen Hemd und seine über der Brust gefalteten Hände, die einen Rosenkranz hielten. An der kahlen Wand stand ein Tischchen mit einem Gefäss geweihten Wassers, daneben brannte eine weisse Kerze, die bei leichten Windbewegungen verwirrt aufflackerte. Über dem Bett hing ein schlichtes Holzkreuz, durch das kleine, geöffnete Fenster fiel etwas Licht, aber es vermochte das Zimmer nicht zu erhellen. Und ich musste dran denken, wie wir diese Frau verachtet hatten. Diese Frau, die in all ihrem Elend eine innere Würde ausstrahlte, die ich ihr gar nicht zugetraut hätte. Wie gerne hätte ich ihr etwas Tröstliches gesagt, aber ich brachte kein Wort über die Lippen. Und plötzlich stellte ich mit Schrecken fest, dass ich über die Frau gar nichts wusste. Nicht woher sie stammte und wann und aus welchen Gründen auch immer sie in unser Dorf gekommen war: ein Fremdkörper, ein irritierender Farbtupfer im ländlichen Alltagstrott. Und ich erinnerte mich an Bemerkungen von Erwachsenen – „schrecklich, diese Bubikopffrisur, fehlt nur der Topfhut …" – „Seidenstrümpfe, und dies an Werktagen …" – „So schminkt sich keine anständige Frau …" – „eine Welsche halt …" –, die alle darauf hin zielten, dass sie nicht zu uns gehörte. –

Wie sagte doch Tante Lineli, wenn sie sich jeweils nach einem Besuch verabschiedete: „Schön, Bub, du hast noch das ganze Leben vor dir." Und strahlte dabei. Der Satz, achtlos eingeworfen, bekam für mich plötzlich eine neue Bedeutung. – Und ich wusste nicht, mit wem ich darüber reden konnte.